KB063577

마가리 극장

마가리 극장

김도연 소설

우리나비

차례

2010

망경대산 정상은 구름에 가려 보이지 않았다.

우하는 포도밭 옆, 전신주에 걸려 있는 플래카드 아래에
차를 세우고 구름 속에 잠겨 있는 망경대산을 바라보았다.
그 산 중턱에 자리한 마을이며 산 너머의 마을도 당연히 보
이지 않았다. 물들기 시작한 단풍들 사이로 산으로 올라가
는 구불구불한 길이 살짝살짝 보였다가 사라지곤 했다. 산
을 타고 내려온 선선한 바람이 잘 익은 포도 향을 싣고 와
코끝을 간질이는 오후였다. 우하는 바람에 펄럭이는 플래
카드를 오래 쳐다보았다. 행사일보다 하루 먼저 도착했으
니 생각을 정리할 시간은 아직 많았다. 우하는 달콤한 포도
향을 힘껏 들이켜고 다시 차에 올랐다. 그러니까…… 삼십
년 만의 방문이었다.

망경대산으로 올라가는 고갯길의 초입에는 삼십 년 전의 성황목이 그대로 있었다. 성황당은 새로 지은 듯 반듯했다. 어린 시절 노는 데 정신이 팔려서 마을로 가는 막차를 놓치고 밤길을 걸어서 갈 때마다 우하는 늘 두려움에 사로잡혔다. 마을을 지켜주는 성황당과 성황목인데도 불구하고 이상하리만치 무서웠다. 친구들과 같이 걸을 때도 마찬가지였다. 성황목의 그늘은 너무 깊어서 암흑처럼 느껴졌고 그 넓이조차 어마어마했다. 성황당 문엔 자물쇠가 걸려 있었지만 금방이라도 안에서 무엇인가가 문을 부수고 뛰쳐나올 것만 같아 약속이라도 한 듯 뜀박질로 통과하곤 했다. 맨 마지막으로 뒤처지지 않으려고 숨이 막힐 정도로 산길의 초입을 달렸던 일들이 벌써 삼십 년 전으로 밀려나 있었다. 우하는 차창 너머로 자그마한 공원처럼 보이는 성황당 일대를 운전석에 앉은 채 둘러보고 가속페달에 얹어놓은 오른발에 힘을 주었다. 이제 더 이상 미적거리지 말고 고갯길을 올라가야 할 시간이었다.

길은 시멘트로 포장돼 있었지만 폭은 좁았다. 마주 오는 차와 만나면 속도를 줄이고 서로가 길옆으로 바짝 붙어야만 안전하게 지나칠 수 있었다. 예전엔 넓게만 보이던 비포

장도로였는데…… 이 길을 마이크로버스가 오가며 산 아래 중학교로 등하교하는 학생들과 주민들, 그리고 광부들을 실어 날랐었다. 지그재그로 이어지는 좁은 고갯길. 마치 알파벳 Z자를 철판이 깔린 작업화로 힘주어 밟아놓은 것만 같은 고갯길이었다. 아니나 다를까. 길옆에 세워놓은 표지판엔 고갯길의 정황에 대해 마치 기다란 뱀 한 마리가 구불구불 산을 올라가는 모습으로 그려놓았다. 핸들을 움켜잡은 우하는 굽은 길이 나타날 때마다 한 번은 왼쪽 끝까지, 또 한 번은 오른쪽 끝까지 핸들을 돌리기를 되풀이했다. 굽은 길옆에 세워진 볼록거울을 통해 고갯길을 내려오는 차량이 없나 살피며. 그 옛날 이 길은, 이 산은 온통 검은 길이었고 나무들조차 변변히 없는 바위산이었다. 길가에 핀 코스모스도 검은 탄가루에 덮여 원래 꽃의 색깔이 무엇인지조차 모를 정도였다. 엄마와 우하, 그리고 아버지 등에 업힌 여동생과 함께 초등학교 2학년 때 처음 이 고갯길을 올라갔고 마지막으로 고갯길을 내려올 땐 아버지는 없었다. 올라갈 땐 네 식구였는데 내려갈 땐 세 식구였다. 아버지는 살아서 이 고갯길을 내려오지 못했다.

"참, 너 용태 전화번호 알지?"

긴 얘기를 한달음에 쏟아버린 뒤 동창회장이라는 친구는 느닷없이 용태의 이름을 불러왔다. 우하는 잠시 용태를 떠올렸다. 이어 미연이도 떠올렸다.

"용팔이 말이야! 극장집 아들. 너랑 친했잖아."

"…… 모르는데."

"모른다고? 야, 그럼 미장원집 딸 미연이 번혼 알아?"

"…… 몰라."

"모른다고? 셋이 삼총사였잖아?"

"거기 떠나면서 모두 연락이 끊겼어."

"아, 이거 낭패네. 넌 알고 있는 줄 알았는데."

고갯길은 여전히 오른쪽 왼쪽으로 꺾어지길 되풀이했다. 까딱 한눈을 팔면 여지없이 산비탈로 굴러떨어질 것만 같았다. 한 시절 그렇게 많이 오르내린 고갯길이건만 풍경은 놀라울 정도로 많이 변했다. 어릴 적 풍경은 한마디로 검은 광산이었다. 산꼭대기로 올라갈수록 변변한 나무조차 볼 수 없는 그야말로 검은 민둥산이었다. 그랬던 곳이 광산이 들어서기 전 원래 모습으로 돌아가 있다는 걸 고갯길을 올라갈수록 분명하게 확인할 수 있었다. 당연한 일인지도 모른다. 광산 때문에 갑자기 태어났다가 광산이 폐광되자 자연스럽게 마을마저 사라진 것이었다. 마치 산꼭대기에서 하룻밤 요란한 축제를 치르고 해가 뜨자 모든 것이 감쪽같이 사라진 것만 같았다. 산꼭대기 마을에서 살았던 십여 년이 우하에게는 단 하룻밤의 꿈처럼 느껴졌다.

"야, 인터넷으로 모운동 검색 한번 해봐. 깜짝 놀랄 거야."

동창회장을 맡고 있다는 친구가 긴 통화를 끝내면서 꺼낸 말이었다.

고갯길을 거의 올라가자 안개가 스멀스멀 밀려왔다. 고개 아래에서 보았던 그 구름 속으로 조금씩 들어가는 중이었다. 소나무와 밤나무, 참나무 숲에서 바람에 등을 떠밀려 꾸역꾸역 흘러나오는 짙은 안개 때문에 자동차의 속도를 늦추고 전조등을 켰다. 마치 활주로를 이륙한 비행기가 고도를 높이고 높여 마침내 구름 속으로 들어가는 것만 같았다. 그 구름 너머엔 무엇이 있을까? 구름 아래엔 흐리고, 비 내리고, 눈발이 날리는데 구름 너머엔 대체 무엇이 기다리고 있을까? 그곳에도 눈이 내리고 비가 내릴까? 갑자기 떠오른 어린 시절의 궁금증 덕택에 우하는 슬그머니 입꼬리를 늘렸다. 훗날 처음으로 비행기를 타고 구름 속을 통과할 때의 두려웠던 마음도 뒤이어 떠올랐다. 구름 속은 온통 구

름이어서 앞이 보이지 않았기에 맞은편에서 다른 비행기라
도 날아오면 어쩌나 조마조마했던 기억까지. 구름 속이 그
렇게 넓은 줄은 미처 몰랐던 일이었다. 물론 나중에 다시 비
행기를 타고 확인한 결과는, 그날의 광활한 구름은 그날의
구름 상황이었던 것뿐이어서 실망이 이만저만이 아니었다.
그리고 구름 너머, 구름 위에 펼쳐진 눈이 시리도록 환한 풍
경. 그곳은 눈부시게 희고 막막한 구름바다였다.

　우하는 고갯마루를 넘어 완만한 내리막길로 접어드는 곳
에다 차를 세웠다. 비행기는 구름 위에서 멈출 수 없지만 차
는 안개 속에서 아무 때나 멈출 수가 있었다. 조금 거세진
바람이 빠른 속도로 안개를 밀어내고 있었다. 창문을 열자
습기 많은 안개와 바람이 차 안으로 몰려들었다. 동창회장
의 말대로 인터넷에서 모운동을 검색하자 놀라운 풍경이
펼쳐졌다. 어린 시절의 풍경과 많이 달라졌을 거란 예상은
했지만 전혀 예상 밖의 풍경이었다. 산비탈을 다닥다닥 채
웠던 그 많던 집들은 모두 어디론가 사라지고 마치 동화 속
자그마한 마을로 변해 있었다. 옛날의 모습이 거의 대부분
사라진 풍경에 갇히기라도 한 듯, 아니 무엇인가를 찾으려
는 듯 우하는 사진 속 이곳저곳을 한참이나 기웃거렸다.

바람이 비질을 하듯 안개를 이리저리 쓸어버리자 그 너머로 마침내 모운동이 모습을 드러냈다. 인터넷에서 사진으로 본 바로 그 모습이었다. 우하는 차에서 내렸다. 삼십 년 만에 두 눈으로 다시 보는 모운동은 손바닥만 한 산촌마을로 변해 있었다. 사진으로 보았던 풍경이 사실이었다. 우하는 저 멀리 모운동이 한눈에 내려다보이는 길 위에서 서성거렸다. 바람이 다시 안개를 몰고 왔다. 구름 위의 마을, 구름 속의 마을, 구름을 불러들이는 마을, 모운동이 조금씩 지워지고 있었다. 하지만…… 어떤 기억들은 샘물이 솟아나듯 맹렬하게 되살아나기 시작해 제 모습을 복원시키고 있었다. '마가리 극장'과 함께.

1979년 12월
가설극장

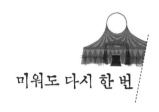

미워도 다시 한 번

"영월 하고도 망경대산 꼭대기, 모운동에 살고 계신 산업
전사 여러분, 주민 여러분 그리고 미래의 동량이 될 우리 어
린이들, 모두 안녕하십니까? 다사다난했던 한 해가 어느덧
저물어가고 있습니다. 새해에는 분명 좋은 일들만 가득할
거라 믿어 의심치 않으며 얼마 남지 않은 올해 주민 여러분
들의 시름을 풀어드릴 좋은 소식을 전하고자 오늘 저희가
이렇게 가두방송에 나섰습니다. 자, 그럼 알려드릴 희소식
이 뭐냐. 바로 오늘밤 일곱 시에 모운동 마을회관 공터에서
눈물 없이는 도저히 볼 수 없는 영화 상영이 있다는 것입니
다. 아, 미리 말씀드리자면 두툼한 수건 한 장씩 꼭 챙겨 오
셔야 합니다. 손수건 가지곤 택도 없으니 꼭 수건을 준비하
셔야만 합니다. 물론 발 닦는 수건은 당연히 안 되겠지요.

19

감정이 풍부하신 분은 두 장은 준비해야 된다는 점을 먼저 알려드리는 바이옵니다. 서울 명동에서 이 영화를 상영했을 때 극장 안이 그야말로 눈물바다가 되었다는 걸 알려드리오니 꼭 참조하시길 바라마지않습니다. 자, 그럼 오늘 밤 상영할 영화의 제목이 무엇이냐. 개봉 당시 전국을 강타한 바로 그 화제의 영화! 신영균, 문희 주연의 '미워도 다시 한 번' 1편이 되겠습니다!"

마을에 가설극장이 찾아왔다! 지난 추석 땐 그토록 기다렸건만 끝내 찾아오지 않았던 가설극장이었다. 오후 내내 골방에 엎드려 용태에게서 빌려온 만화책을 보느라 정신이 없었던 우하는 가설극장이 왔음을 알리는 홍보차량의 가두방송이 산골짜기를 쩌렁쩌렁 울리자 벌떡 일어나 문밖으로 뛰쳐나갔다. 어둑하던 골방과 달리 바깥은 흰 눈으로 덮인 세상이었다. 우하는 만화를 보느라 침침해진 눈 때문에 잠시 마당에서 비틀거렸다. 커다란 스피커 두 개를 설치한 채 언덕 아래 운탄(運炭)도로를 천천히 달려가는 홍보차량을 마을의 꼬맹이들이 앞서거니 뒤서거니 하면서 따라잡으려 애를 쓰고 있었다. 우하의 가슴이 쿵덕쿵덕 뛰기 시작했다. 조그만 텔레비전 화면과는 비교도 할 수 없는 화면을 가진

게 바로 영화였다. 그뿐인가. 텔레비전에서는 절대로 볼 수 없는 많은 것들이 영화 속엔 있었다. 하나는 시시했고 하나는 거대했다. 즉 텔레비전과 영화는 한마디로 통이 달랐다.

"'미워도 다시 한 번'? 미연이가 좋아할 영화네."

우하는 집 앞을 지나가는 홍보트럭의 짐칸에 붙여놓은 영화 포스터를 노려보며 중얼거렸다. 자칭 연애박사인 미연이는 멜로영화를 광적으로 좋아했다. 대부분 여자들의 공통점이긴 하지만 미연인 등장인물의 심리까지 예리하게 분석하는 걸 보면 확실히 다른 데가 있었다. 반면 용태는 액션물을 좋아했다. 오죽하면 별명이 돌아온 외팔이를 흉내 낸 돌아온 용팔이였다. 우하는 마을을 쩌렁쩌렁 울리며 저녁의 영화 상영을 알리는 방송을 들으며 어떻게 극장 요금을 마련할까 슬슬 궁리에 들어갔다. 별반 관심이 없는 영화였지만 그래도 오랜만에 마을에 들어온 가설극장이었기에 놓칠 수는 없었다. 보지 않으면 용태와 미연이의 대화에 한마디도 끼어들 틈이 없었기에.

"자, 이제 오늘밤 상영될 '미워도 다시 한 번'이 어떤 영화인지 대략 감을 잡았을 거라고 믿습니다. 그럼 지금부턴 이 눈물 없인 볼 수 없는 영화를 보기 위해 어떤 준비를 해야 되는지 설명해 올리겠습니다. 어이, 거기 따라오는 꼬마들, 집에 돌아가면 부모님, 형, 누나들에게 꼭 전해야 한다. 주민 여러분도 아시다시피 영월 하고도 망경대산 꼭대기 모운동, 얼마나 추운 동넵니까. 한낮에도 불알이 얼 정도로 추운 날씨인데 밤이면 오죽하겠습니까. 여러분들이 더 잘 아실 겁니다. 그러하오니 영화를 보러 오실 때의 주의 사항에 대해 간략하게 알려드리겠습니다. 본 극장은 정식 극장이 아니라 천막을 친 가설극장이므로 한밤중엔 대단히 춥습니다. 일단 저녁을 든든하게 드시길 바랍니다. 영화 보다가 배고프면 더 춥습니다. 배를 든든하게 채운 뒤 겨울옷 중에서 가장 두꺼운 옷을 입으셔야 됩니다. 아이들은 더 두껍게 입히는 게 좋습니다. 그 다음엔 담요와 돗자리 또는 가마니를 준비하시는 게 좋습니다. 담요는 덮고 가마니는 깔고 앉으면 됩니다. 집 안에 의자가 있으면 가져오셔도 상관없습니다. 단 의자를 가져오신 분들은 가장자리에 앉으셔야 됩니다. 앞에 앉으면 뒷사람이 영화를 볼 수가 없겠지요? 이 정도 준비를 하셔야 눈물 없인 볼 수 없는 '미워도 다시 한 번'을 제대로, 따스하게 볼 수가 있습니다. 이 방송을 들으시는 주민 여러분들은 오랜만에 영화 보러 간다는 흥분에 사로

잡혀 이 주의 사항을 잊어버리지 마시고 꼭 염두에 두시길 바랍니다. 어이, 꼬마들? 내 얘기 알아들은 사람 손 들어봐라. 그래, 그래! 거기 뒤에 코 질질 흘리는 꼬마, 넌 왜 손 안 들어? 뭐? 영화 볼 돈이 없다고? 그동안 돼지저금통에 저금도 안 했단 말이냐? 뭐? 벌써 돼지저금통 깨서 다 써버렸다고? 그럼 넌 오늘 밤 집에서 열심히 공부해야 한다. 괜히 가설극장 근처에서 벌벌 떨며 어정거리지 말고."

탄광촌에 울려 퍼지는 만담 같은 방송을 들으며 우하는 빌려온 만화책을 옆구리에 낀 채 검은 탄가루가 눈에 젖어 질척이는 길을 걸었다. 꼬맹이들은 이웃 마을로 떠나가는 홍보차량을 따라 다시 뜀박질을 시작했다. 바짓가랑이에 검은 흙탕물이 튀어 젖어가는 줄도 모른 채.

"가설극장이 왔어."

"기대 접어라. 이번엔 볼 만한 영화가 없어. 죄다 눈물 뽑는 것들뿐이야."

"그걸 니가 어떻게 알아?"

용태네 집은 이층으로 지은 광원기숙사 옆 커다란 미루나무 아래에 있었다. 담을 끼고 집의 뒷마당으로 돌아가야 들어갈 수 있는 용태의 방도 어두컴컴했다. 한쪽 벽엔 만화책과 어른들이 보는 각종 주간지가 가득 쌓여 있어서 그 방에 들어가면 시간 가는 줄 모를 때가 많았다. 용태 아버지가 광업소 간부고 용태 엄마가 광원기숙사를 관리하는지라 거기서 나오는 게 많기 때문이었다. 우하는 이불 속에서 빠져 나올 생각을 않고 있는 용태의 엉덩이를 걷어찼다.

"손님이 왔으면 좀 인나 앉아라."

"니도 들어와라. 좀 있음 미연이 오기로 했다."

"걘 왜 오는데?"

"이번 상영작들은 완전히 걜 위한 영화들이잖아. 거의 정신 나간 거 같더라."

"왜 골고루 섞지 않은 거야? 옛날엔 안 그랬잖아."

"시국이 시국이잖아. 대통령이 총 맞아 죽은 지 얼마 되지도 않았는데 누가 액션물을 상영하라고 하겠어."

용태가 이불 속에서 풀이 죽은 얼굴로 엉금엉금 기어 나왔다. 이소룡이 입었던 운동복을 입은 채.

"우하야, 이러다 우리나라에서 액션물이 영영 사라지는 거 아닐까?"

"기다리면 좋은 시절이 오겠지."

"그럴까…… 근데 내 예감으론 어려워 보여."

"야, 까놓고 말해서 깡패들이 싸움질만 하는 게 영화냐?"

"…… 깡패가 아니라 협객이라고 했지?"

"그게 그거지."

"아, 고리타분한 명화밖에 모르는 새끼가!"

용태가 이불로 우하를 덮어씌웠다. 둘은 이불과 이불 밖에서 서로 뒤엉켰다. 누르고 빠져나오고 다시 서로에게 덮어씌우기를 반복했다. 미연이가 용태의 이름을 부르며 방문을 벌컥 열어젖힐 때까지. 땀까지 뻘뻘 흘려가며.

"니들 지금 연애하나?"

방학이라 머리를 빠글빠글 볶은 미연이 한심하다는 표정으로 이불 속에서 뒤엉켜 있는 둘을 바라보았다. 청바지에 코트까지 걸치고 입술까지 칠한 미연은 중학생이 아니라 어른처럼 보였다. 우하와 용태는 이불 속에서 얼굴만 내민 채 문 밖에 서 있는 미연이의 백팔십도 달라진 모습에 넋을 놓았다.

"왜 그런 얼굴들을 하고 있어? 내가 이상해?"

"…… 미연이 니 영화배우 같다."

이불 속에서 빠져나온 용태의 입이 쩍 벌어졌다. 우하도 고개를 끄덕였다.

"보는 눈은 있어가지고! 그건 그렇고. 야, 니들 오늘 저녁 영화 보러 갈 거지?"

"눈물 질질 짜는 영화는 질색이다."

"그래도 이 산꼭대기에 오랜만에 온 가설극장인데 봐야 하지 않아?"

"꼭 봐야지! 용태야, 니는 눈물의 의미를 몰라서 탈이야."

"틈만 나면 흘리는 여자들 눈물은 다 가짜야. 사나이들 눈물이 진정한 눈물이야."

"그건 배신을 밥 먹듯이 하는 깡패들 눈물이지."

"야, 여자들은 사나이들 눈물을 몰라!"

"남자들도 마찬가지야!"

우하는 새롭게 시작된 용태와 미연의 영화 논쟁을 들으며 만화책을 뒤적거렸다. 영화에 대한 세 사람의 취향이 너무 달라 영화 이야기만 나오면 늘 대화는 극과 극을 달렸다. 멜로물을 좋아하는 미연과 액션물을 숭배하는 용태가 손을 잡는다는 것은 물과 불이 합쳐지는 것보다 더 어려웠다. 어떤 장르의 영화든지 잘 만들기만 하면 후한 점수를 주는 편이어서 우하가 두 친구의 논쟁을 중재시키는 경우가 많았다. 물론 우하가 선호하는 영화는 명화, 즉 예술영화였다. 용태와 미연이 보면 십 분도 안 돼 잠들어버리는 영화를 우하는 지독히 좋아했다. 왠지 그런 영화들 속에 진짜 인생이 숨어 있는 것만 같았다.

"너 또 속으로 우릴 비웃고 있었지?"

"…… 아냐. 각자 취향은 존중해야지. 근데 용태야 이번 가설극장의 상영작들이 뭐야?"

"보자…… 오늘 저녁 '미워도 다시 한 번'을 시작으로 해서…… '성춘향', '저 하늘에도 슬픔이', '월하의 공동묘지', '열녀문', '아내들의 행진', '무녀도', 다 질질 짜는 영화들뿐이야. 요즘 유행하는 영화들은 한 편도 없어!"

"내가 보고 싶은 건 이런 구닥다리 영화가 아냐!"

미연이 정색을 했다.

"그래? 그럼 니가 보고 싶은 영화는 어떤 건데?"

용태가 되물었다.

"내가 기다린 영화는 '별들의 고향', '바보들의 행진', '영자의 전성시대'야."

"야, 니가 그런 최신작들을 어떻게 아냐?"

"내가 바보냐!"

"그래도 오래간만에 가설극장이 왔는데 재미는 없겠지만 영화는 봐야 되지 않아? 저녁에 어디서 만날까?"

우하가 상황을 정리했다. 아무리 재미없는 영화라 하더라도 봐야만 했다. 고작 일주일밖에 머물지 않는 가설극장이 언제 다시 산꼭대기 마을로 찾아올지 알 수 없었기 때문이었다. 극장이 없는 동네에 사는 슬픔이었다. 그렇다고 영화를 보러 영월읍내까지 매번 나갈 수도 없었다. 가고 싶은 마음이야 굴뚝같았지만.

"영화 시작하기 이십 분 전에 극장 앞에서 만나지 뭐. 추우니까 준비 단단히 하고 와. 깔고 앉을 자리는 내가 준비할 테니 니들은 옷이나 든든하게 입고 와."

"난 군입거리로 옥수수 튀긴 거 가져올게."

"난 엄마 미장원에서 담요 세 장."

우하와 미연이는 문턱에 놓인 운동화를 찾아 신었다.

"니들 가다가 나 몰래 연애하면 죽는다!"

"하면 니가 어쩔 건데?"

미연이 꽥 소리쳤다.

"그건 반칙이지!"

"연애에 반칙이 어디 있어. 둘이 맘 맞으면 하는 거지."

"오늘은 봐준다. 해라 해!"

용태는 방문턱에 앉아 빌린 만화책과 어른들이 보는 주간지를 옆구리에 낀 우하와 미연을 낄낄거리며 배웅했다.

"니는 그런 책 보면 엄마가 뭐라 안 하나?"

"야, 엄마 앞에서 보냐. 몰래 보는 거지."

"재밌나?"

"'선데이 서울'을 봐야 요즘 서울 사람들이 어떻게 연애를 하는지 알 수 있다니까. 최신 영화에 관한 소식도 접할 수 있고."

"영화는 그렇다 치고 서울 사람들 연애 얘기가 왜 궁금하냐?"

좁다란 골목길이 갈라지는 곳에서 미연은 걸음을 멈추고 우하의 얼굴 앞으로 자신의 얼굴을 바짝 디밀었다. 생글생글 웃는 얼굴로. 우하는 갑작스런 상황에 좀 난처한 표정을 지었다. 미연이의 빨간 입술이 가슴을 두근거리게 만들었다.

"우하야, 세상에서 제일 재밌는 게 연애 얘기야. 잘 가!"

'선데이 서울' 한 권을 건네준 뒤 깔깔거리며 뛰어가는 미연의 뒷모습을 우하는 멍하니 바라보았다.

골목길은 장거리 마을회관 앞 공터와 만나면서 끝이 났

다. 공터에선 가설극장이 한창 지어지는 중이었다. 여러 개의 장대가 세워졌고 그 위에 연장을 든 아저씨들이 올라가 천막을 설치하는 작업을 하고 있었다. 우하의 가슴이 벌써부터 콩닥거렸다. 이층으로 된 영사실은 이미 완성된 상태였고 언제 봐도 멋있는 영사기가 그 위에서 위용을 자랑했다. 필름을 걸고 커다란 화면으로 영화를 쏘아 보내는 영사기는 뭐랄까…… 우주선의 조종실에서도 가장 핵심이 되는 조종석을 보는 것만 같았다. 우하는 마을회관 앞에 놓인 기다란 나무의자에 앉아 점점 모습을 갖춰가는 가설극장을 신기한 듯 바라보았다. 가설극장의 화면은 마을회관을 거의 가릴 정도로 컸다. 밤이 찾아오고 그 화면 가득 펼쳐질 영화를 상상하는 것만으로도 신이 날 정도였다. 우하는 손목시계를 들여다보고 자리에서 벌떡 일어났다. 영화 상영이 네 시간밖에 남지 않았다는 걸 비로소 깨달은 거였다. 빨리 집에 가서 다른 날보다 일찍 저녁설거지를 깔끔하게 마쳐야 부모님이 기분 좋게 영화 구경을 보내줄 거란 건 불을 보듯 뻔했기 때문이었다.

우하는 장터 길을 달렸다. 광원회관 앞마당에 있는 줄기가 굵은 돌배나무는 앙상한 가지들을 겨울 하늘에다 펼쳐놓고 있었다. 그 옆 계단을 뛰어오르니 공동수도가 나왔다. 미끄러지지 않으려고 수도 주변의 얼음에서 미끄럼을 탔다. 마을회관의 스피커에선 조용필의 '돌아와요 부산항에' 가 막 흘러나오고 있었다. 우하는 노래를 따라 부르며 달렸다. 신사택 앞을 지날 땐 목소리를 조금 낮췄다. 만화 가게 앞에선 목소리를 높였다. 생선 가게의 처마에 매달려 있는 고드름을 손으로 부러뜨리며 달렸다. 영월병원을 지나면 붉고 흰, 커다란 공이 유리창에 붙어 있는 모운동 당구장, 그 앞을 통과하니 이발소, 우체국, 미장원, 사진관, 다방이 차례로 나타났다. 가장 궁금한 곳은 요정집이었지만 짧게 한 번 쳐다보곤 이내 고개를 돌렸다. 우하는 다시 나타난 가파른 계단을 단숨에 뛰어올랐다. 신작로가 나타났다. 신작로 건너편엔 우하가 다녔던 초등학교가 있었다. 나무판자에 폐유를 먹여 벽으로 만든 학교였다. 신작로에 선 우하는 허리를 잔뜩 구부린 채 턱에 받치는 숨을 돌렸다. 언덕 아래로 달려온 모운동의 집들이 지붕만 드러낸 채 다닥다닥 붙어 있는 게 보였다. 가설극장이 만들어지고 있는 곳을 눈대중으로 살폈다. 평소 볼 수 없었던 천막의 한 귀퉁이가 분명하게 보였다. 그리고 마을 저 아래로 펼쳐진 구름까지. 노끈으로 묶은 만화책과 '선데이 서울'을 움켜쥔 우하는 심호흡을 한 뒤 민둥산 자락으로 펼쳐진 신작로를 다시 달릴 준비를 마쳤다. 싸리재 너머 집까지 가려면 아직도 이십여 분을 더 달려야만 했다.

"제목이 뭐라고?"

"'미워도 다시 한 번'! 신영균과 문희가 나와!"

집에 도착한 우하는 아궁이에 불을 넣고 있는 엄마에게 또박또박 영화의 제목을 말했다. 숨을 헉헉거리며. 엄마는 아궁이 가득 마른 솔잎을 넣고 아궁이에 부채로 바람을 불어넣었다. 물론 '선데이 서울'은 집 앞 콩짚 낟가리 속에 감춰놓았다. 우하네 부모는 탄을 캐는 일과 농사를 같이 하기 때문에 일부러 모운동에서 한참 떨어진 곳에 집을 마련했다. 그래서 아직 나무를 때고 있었다. 힘들게 나무하지 말고 남들처럼 편하게 연탄 부엌으로 교체하자고 해도 엄마와 아버지는 돈 들어간다며 고개를 저은 지 오래였다. 엄마는 연기가 눈에 들어갔는지 머리에 쓰고 있던 수건으로 눈을 닦으며 자리에서 일어났다. 부엌 천장에 가득 들어찬 연기가 보꾹의 틈 사이로 스멀스멀 빠져나가고 있었다.

"안 돼. 학생들이 볼 수 있는 영화가 아냐."

"…… 응? 엄마, 그게 무슨 소리야?"

"그 영환 어른들이 보는 영화라고. 그래서 니 아버지 퇴근하면 둘이서만 갈 생각이다. 넌 동생과 함께 집 보고 있어."

우하는 주먹으로 가슴을 두드렸다.

"아냐, 엄마! 가설극장 영화는 모두가 볼 수 있게 만든 거야! 애들이 봐선 안 될 장면은 필름을 모두 잘라버렸단 말이야. 아까 홍보차량에서 떠든 얘기도 못 들었어?"

"그래? 그럼 어른들은 재미없을 텐데."

"쟤들은 한 명이라도 더 오게 만들어서 돈 벌 생각뿐이야."

"너 영화 보고 싶어 거짓말하는 거 아니지?"

"거짓말이면 내 손에 장을 지진다니까!"

우하는 만화책을 방에 들여놓고 서둘러 외양간으로 달려갔다. 삼태기에 잘 마른 솔잎을 가득 담아 외양간 바닥에 뿌렸다. 암소가 깔고 자는, 새 담요나 다름없는 솔잎을 깍쟁이로 골고루 펴준 뒤 문을 닫고 걸쇠를 걸었다. 이번에는 닭장이다. 닭들은 벌써부터 모이를 달라고 야단법석이다. 고광

입구에 놓인 단지에서 타갠 옥수수를 한 바가지 퍼서 닭장의 나무로 만든 모이통에 골고루 뿌려주었다. 닭들은 일제히 모이통 안으로 부리를 디밀더니 콕, 콕, 콕 무섭게 쪼아먹기 시작했다. 자, 다음은 개밥을 주고 마지막으로 가마솥에서 소여물을 퍼서 구유에 넣어주면 저녁설거지 끝이다! 그다음에 다 함께 밥을 먹고 영화 구경을 가면 된다.

"자, 출발!"

지게를 진 우하의 아버지가 소리쳤다.

"어째 꼭 피난 가는 것 같다."

보따리를 머리에 인 엄마가 거들었다.

"멍멍아, 집 잘 보고 있어! 우리 영화 보고 올게."

여동생 연하가 멍멍이의 머리를 쓰다듬어주었다. 멍멍이는 따라가고 싶다고 끙끙거렸다.

"엄마, 멍멍이도 데려가면 안 돼?"

"야, 개가 무슨 영화를 봐!"

우하가 소리를 빽 내질렀다.

우하는 맨 뒤에서 손전등으로 길을 비췄다. 가족들의 그림자가 길 위로 길게 늘어졌다. 마치 그림자가 사람을 끌고 가는 것만 같았다. 아버지의 그림자가 가장 길었고 그 뒤에 엄마와 연하의 그림자가 쌍둥이처럼 붙어서 따라갔다. 손전등 불빛의 방향을 달리할 때마다 그림자는 서로 엉키기도 하고 기린의 목처럼 제각각 뻗어나가기도 했다. 하늘로 향하던 긴 빛기둥이 밤하늘에 전나무 줄기처럼 우뚝 서서 둥둥 떠다니는 게 신기했는데 동생 연하가 길이 안 보여 무섭다고 징징거리는 통에 서둘러 땅으로 내려와야만 했다. 아버지가 지고 있는 지게에는 둘둘 말은 멍석과 일인용 나무의자 그리고 군용담요를 싼 보따리가 밧줄에 묶여 있었다. 모두, 겨울밤의 가설극장에서 안락하게 영화를 보기 위한 필수품들이었다. 낮 동안 탄을 캐느라 고단했을 아버지도 모처럼의 영화 구경 가는 길이 즐거운 듯 콧노래를 부르며 성큼성큼 걸음을 내디뎠다.

큰길에는 영화를 보러 가는 사람들이 제법 많았다. 우하네처럼 가족이 단체로 가는 경우도 있었고 홀로, 또는 둘이서 가기도 했다. 컴컴해서 누가 누구인지는 알 수 없었지만 들려오는 목소리에는 벌써부터 흥분이 잔뜩 묻어 있었다. 덩달아 걸음도 빨랐다. 여기저기서 빨리 가자고 재촉하는 목소리가 전염이라도 된 듯 번져나갔다. 조금이라도 빨리

가야 좋은 자리를 차지할 수 있기 때문이었다. 뒷자리에 앉으면 앞자리에 앉은 사람의 움직이는 머리통에 화면이 수시로 가리곤 하는데 그것도 꼭 중요한 순간에 그런 일이 벌어졌다. 앞사람의 머리통을 피해 옆으로 조금 머리를 내밀면 다시 뒷사람이 움직이고, 그 뒷사람이 움직이고, 다시 그 뒤의 뒷사람이 움직이고…… 영화에 몰두하기에도 바쁜데 뒤통수들 사이로 시야를 확보하느라 정신이 없는 게 바로 가설극장 뒷자리의 현실이었다. 아니나 다를까, 우하는 서너 명은 앉을 수 있는 긴 나무의자를 지게에 지고 가는 아저씨를 발견했다. 그 집 식구들의 발걸음은 한없이 느긋했다. 산동네 탄광촌 사람들은 마치 밤 소풍을 가듯, 아니 엄마의 말처럼 피난을 가듯 컴컴한 큰길을 걸어가고 있었다. 손전등 불빛으로 발 앞을 밝혀가며. 허연 입김이 불빛 속에서 피어났지만 추워하는 사람은 아무도 없는 것 같았다.

"동네 사람들 다 나온 거 같아요!"

"그러게 말이다. 들어갈 자리가 있을까 모르겠다."

"모운동 사람들은 벌써 줄 서서 기다리고 있을 거예요."

"눈 때문에 좀 미끄럽겠지만 아무래도 지름길로 가야겠다."

아버지는 산자락을 돌아가는 큰길을 벗어나 눈 덮인 비탈 밭으로 길을 바꿨다. 비탈 밭이라 나무들은 없었지만 거의 산이나 다름없을 정도의 급경사였고 많은 눈이 쌓여 있어서 걷기엔 쉽지 않았다. 차라리 눈 위에 엉덩이를 깔고 앉아 썰매를 타고 내려가는 게 더 나을지 몰랐다. 맨 뒤에서 손전등으로 식구들의 발 앞을 비춰주면 아버지가 처음 밟고 엄마가 이어 밟고 연하가 자그마한 발을 쏙 집어넣은, 작은 눈구덩이 같은 발자국 속으로 우하가 마지막으로 발을 디밀었다. 비탈 밭 저 아래엔 한데 모여 있는 모운동의 불빛이 자잘한 꽃송이들처럼 따스하게 피어나 있었다.

"눈이 깊으니까 옆으로 새지 말고 내 발자국만 따라와."

"영화 한 번 보자고 이게 무슨 고생이냐. 난 집에서 잠이나 잘 걸 그랬다."

"엄마, 난 재밌기만 한데!"

아버지의 말이 채 끝나기도 전에 미끄러져 눈구덩이 속에 파묻힌 연하가 깔깔거렸다. 얼굴만 사람이고 몸은 꼭 토끼로 변신한 것 같았다. 우하는 눈구덩이 속으로 손을 내밀어 동생을 끌어올렸다. 아버지의 발자국 바로 옆이 개울이었는데 겨울 내내 바람이 쓸어 온 눈이 덮여 있어 밭과 같은 높이로 눈이 쌓여 있었던 탓이었다.

"여보, 차라리 큰길로 갈걸 그랬어요."

"너무 많이 와서 이젠 되돌아갈 수도 없어. 이 길로 가야 당신은 신영균을, 난 문희를 제대로 볼 수 있다고."

"아이고! 길이나 똑바로 내세요. 귀한 아들, 딸 눈구덩이 속에 빠트리지 말고."

"설마 내가 우리 가족을 눈 속에 내팽개치고 혼자 문희를 보러 가겠어!"

"어이쿠!"

이번엔 엄마였다. 연하가 빠졌던 눈구덩이보다 더 깊은 곳으로 주르륵 미끄러져 내려갔다. 머리에 이고 있던 보따리와 함께. 그곳은 개울의 둑 높이가 엄마의 키만큼은 될 듯싶었다. 엄마 역시 단방에 흰 토끼가 되어 눈구덩이 밖을 올려다보았다. 지게를 진 아버지, 연하, 손전등을 든 우하는 그런 엄마의 모습을 내려다보고 있었다.

"그렇게 보지만 말고 빨리 꺼내줘요!"

"대체 거기에 왜 들어간 거야?"

"누가 들어가고 싶어 들어갔어요! 발이 빠지니까 들어간 거지. 당신이 길을 잘못 내서 빠진 거잖아요!"

"길을 잘못 냈으면 앞에 있는 내가 먼저 빠져야지 왜 당신이 빠져?"

"아, 몰라요! 딴소리 말고 빨리 꺼내줘요!"

"혹시…… 길은 안 보고 신영균 생각만 하다가 빠진 거 아냐?"

"뭐예요!"

엄마를 놀리는 일을 먼저 마친 아버지는 지게를 내려놓았다. 엄마는 팔짱을 낀 채 그런 아버지를 노려보았다. 눈구덩이에 빠진 엄마와 엄마를 구출하려고 손을 내민 아버지에게 우하는 골고루 손전등 불빛을 비춰주었다. 아버지는 둑 끝에 한쪽 발을 단단히 고정시킨 뒤 허리를 잔뜩 구부려 엄마에게 오른손을 내밀었다. 마치 하늘에서 내려온 동아줄 같은 손을. 엄마는 그런 아버지의 행동을 아무 말 없이 바라보더니 이윽고 팔짱을 풀었다. 그리고 오른손을 천천히 내밀어 아버지의 손을 잡았다. 거기까지였다. 엄마는 아버지가 미처 힘을 주기도 전에 잡은 손을 확 당겨버렸다.

아버지는 다이빙을 하듯 손을 휘저으며 눈구덩이 속으로 떨어졌다.

엄마와 아버지는 북극의 곰처럼 눈구덩이 속에서 눈싸움

을 했다. 손전등을 든 우하는 조명을, 연하는 연출을 담당하듯 그 모습을 구경했다. 어린아이로 돌아간 것만 같은 엄마와 아버지를. 아니, 영화의 어느 장면을 흉내 내는 듯한 두 사람의 어색하기 그지없는 연기를 억지로 관람하고 있다는 표정을 지은 채.

"영화 구경 안 갈 거야?"

보다 못한 우하가 영화감독처럼 한마디 던지자 그제야 겨우 두 사람의 눈싸움이 멈췄다. 엄마와 아버지는 눈에 뒤범벅이 된 모습으로 우하를 올려다보았다. 정말이지 눈구덩이 속에서만큼은 연기가 엉망인 두 배우들이었다.

"영화보다 더 재밌지 않아?"

아버지가 입바람으로 콧등에 붙은 눈을 후후 불어내며 물었다.

"영화는 진짜 배우들이 연기하는 거잖아요. 엄마 아버진 배우가 아니고."

"배우만 연기하란 법 있냐?"

"에이, 그래도요."

그때 엄마가 자꾸만 한쪽 눈을 찡긋거렸다. 마치 누군가에게 어떤 신호를 보내듯이. 이상하게 여기고 뒤를 돌아보려는 순간 우하의 몸은 이미 눈구덩이 속으로 기울고 있었다. 소리를 치며 두 팔을 아무리 허우적거려보았지만 기울어진 몸을 정상으로 바로 세우기엔 무리였다. 엄마의 신호를 눈치챈 동생 연하가 몰래 뒤로 돌아가 저지른 짓이었다.

우하도 아버지처럼 눈 더미 속으로 손과 얼굴부터 먼저 파묻혔다.

"공평해야 하는 거야."

"너만 안 빠지면 불공평한 거지."

엄마와 아버지가 얼굴과 옷에 묻은 눈을 털어주며 씩 웃었다.

"나는 아무 잘못이 없어. 나중에 보복하면 오빠도 아니야. 그리고 엄마 아버지 말처럼 오빠만 멀쩡한 건 가족에 대한 예의가 아니라고 생각해."

"알았어! 빨리 영화나 보러 가자고!"

가설극장 주변은 장터처럼 북적거렸다. 비록 두툼한 광목천과 나무말뚝으로 뚝딱 만든 가설극장이었지만 그 위용은 어마어마했다. 마치 마을 공터에 어느 날 갑자기 거대한 성 하나가 들어선 것만 같았다. 더 좋은 자리를 차지하기 위해 사람들은 출입구 앞에 길게 줄을 서 있었고 매표구 앞도 마찬가지였다. 덩치가 우람한 형들 몇이 일정한 간격을 두고 천막 밖에 서서 개구멍으로 들어올지도 모를 사람들을 감시하느라 눈에 불을 켜고 이곳저곳을 두리번거렸다. 감시가 소홀한 틈을 타 천막 아래를 들어 올려 두더지처럼 가설극장 안으로 진입하는 사람들이 간혹 있었기 때문이었다. 대게 우하 또래의 아이들이 그 주범이었는데 집에서 영화 구경을 갈 돈을 주지 않았기 때문이었다. 아니면 돈은 탔는데 일찌감치 다른 데에 써버렸거나. 영화는 보고 싶고 돈은 없고. 그래서 가설극장 밖에서 서성거리는데 천막 안에서는 총소리, 탱크 소리, 비행기 소리, 대포 소리, 싸우는 소리, 우는 소리, 웃는 소리, 사랑을 고백하는 소리, 억울함을 호소하는 소리가 엄청나게 큰 스피커를 통해 울려 나오니 도대체 어떤 상황이 펼쳐지는지 궁금해서 견딜 수 없을 정도였다. 얇은 천막 하나가 너무 많은 것을 가리고 있다는 게 믿겨지지 않았기에 자기도 모르게 사각지대의 천막을 들어 올렸다. 물론 잡히면 실컷 얻어맞아야 함에도 불구하고. 어떤 녀석들은 천막의 찢어진 틈으로 가설극장 안의 영화를 보다가 쫓겨나기도 하고 또 어떤 녀석들은 연필을 깎는

칼로 천막을 찢고 그 틈으로 영화를 보려 하기도 했다. 하지만 그런 시도들은 대부분 실패하기 마련이었다. 오래가지도 못하고. 어떤 아이들은 가설극장 근처의 이태리포플러나 미루나무에 올라가기도 했다. 화면이 보이는 근처 주택의 지붕 위에도 올라갔다. 하지만 나무 위는 너무 추웠고, 너무 멀고, 자세가 불편했다. 지붕 위에서는 언제나 화면이 반쯤은 가렸다. 한마디로 미칠 지경이 되는 거였다. 그래도 아이들은 밤의 가설극장 주변을 떠나지 않았다. 화면은 못 보지만 소리만이라도 들어야 했다. 그래야만 다음날 친구들의 영화 이야기에 조금이라도 끼어들 수 있었다. 영화를 재현하는 놀이에 참여할 수 있었다. 천막 밖에 쪼그리고 앉아 소리만 듣고 내용을 상상해야 하는 일, 그것은 한마디로 고역이었다. 그 지독한 고역이 마침내 끝나는 시간이 있는데…… 바로 영화가 끝나기 십 분 전쯤 되면 가설극장의 사람들이 지붕 없는 천막을 걷는 것이었다. 나무기둥과 화면만 남겨놓고. 그때부터 영화를 볼 수 있었다. 영화의 마지막 장면들을. 그거라도 봐야 그동안 소리로만 상상했던 것들을 꿰맞출 수 있었다. 왜 주인공이 서럽게 울었는지를 대강이나마 이해할 수 있었다. 가설극장에 처음부터 들어가지 못한 아이들의 비애였다. 우하도 몇 번은 이 모든 비애를 맛보았다. 심지어 이태리포플러에 올라갔다가 나뭇가지가 부러져 떨어진 적도 있었다.

"나는 친구들과 같이 볼게요."

"오빠, 여자친구랑 같이 보려는 거지?"

"용태, 미연이 그리고 나."

우하는 군용담요를 어깨에 걸치고 용태가 일찌감치 자리를 잡아놓은 화면 바로 앞으로 갔다. 그곳은 누구의 방해도 받지 않고 영화를 볼 수 있는 자리였다. 제일 앞이라 큰 화면을 오래 바라보면 목이 아플 것을 대비해 반쯤 누워 볼 수 있게 둘둘 말아놓은 등받이용 멍석까지 준비해놓았다. 미연이가 가운데 자리를 차지하고 용태와 우하는 양옆에 자리를 잡았다. 아직 영화가 상영되기 전이어서 세 사람은 화면 대신 별이 없는 하늘을 바라보며 잡담을 나눴다. 우하가 준비한 튀긴 옥수수를 우적우적 씹으며.

"나는 영화가 시작되기 전 이 시간이 제일 좋아. 영화가 시작되길 기다리는 시간. 마치 꿈을 꾸는 것 같아."

미연이는 두 손을 가슴에 모은 채 눈을 감았다. 용태와 우하는 달콤한 꿈에 빠져 있는 듯한 미연이의 얼굴을 보곤 킥킥거렸다.

"꿈이 크면 실망도 큰 법이야."

용태가 훼방을 놓았다.

"상관없어. 꿈이란 게 원래 그런 거잖아. 꿈은 깨지는 거야. 그렇지만 계속 꾸어야 되는 거야."

"와!"

우하의 탄성이었다. 용태는 다시 말을 걸었다.

"…… 미연이 너, 그 말 니가 지어낸 게 아니라 어디서 째벼온 거지?"

"여기서 그게 뭐가 중요해? 추운 겨울밤인데 지붕도 없는 가설극장에 꽉 들어찬 사람들을 봐봐. 꿈이 없으면 여길 오겠어? 그냥 따스한 안방에서 엉덩이나 지지지. 그리고 용태 너, 여기 시간 때우러 왔어? 너도 영화 보고 싶어서 온 거잖아."

"내가 졌다, 졌어!"

"미연아, 너 지금 엄청 멋있어!"

우하는 진심으로 감탄을 했다.

"하여튼…… 재미없기만 해봐라."

"아, 이놈의 시키, 끝까지 앙탈을 부리네. 꿈은 깨지는 거라고 그렇게 일러줬건만."

"너도 알다시피 난 액션영화광이야. 그렇다면 내가 좋아하는 영화를 볼 때도 이해해줘."

"알았어!"

"내가 좋아하는 영화도 지루해하지 않았으면 좋겠어."

우하도 용태와 미연이에게 부탁을 했다.

"좋아! 각자의 취향을 존중해주자!"

가설극장을 밝히는 불이 마침내 꺼졌다. 캄캄했다. 드럼통으로 만든 두 개의 연탄난로에서 새어 나오는 불빛만이 희미하게 비쳤다. 가설극장에 가득 들어찬 사람들의 목소리도 불빛처럼 일시에 사그라들었다. 작은 기침 소리, 침을 삼키는 소리, 자세를 잡는 소리…… 그 소리들마저 잠재우며 뒤편 원두막 같은 영사실에서 화면을 향해 빛이 쏟아져 나왔다.

"애국가 시간이다!"

관객들은 주섬주섬 자리에서 일어나 왼쪽 가슴에 손을 얹은 채 화면으로 흘러가는 애국가의 배경화면을 바라보았다. 어떤 아저씨는 큰 소리로 애국가를 따라 불렀다. 미연이가 손으로 입을 가린 채 킥킥거렸다. 4절까지 이어지자

그 아저씨는 따라 부르는 걸 멈췄고 누군가 하품하는 소리
가 슬그머니 피어났다. 아이가 엄마에게 다리 아프다고 칭
얼거리는 소리도 들려왔다. 애국가가 끝나자마자 관객들은
서둘러 담요를 뒤집어쓰고 다시 멍석 위에 주저앉아 자세
를 잡느라 바빴다. 이어서 대한뉴스가 화면을 가득 채웠다.
아니나 다를까, 용태가 한마디 거들었다.

"야, 영화 보러 와서 이런 걸 꼭 봐야 하나?"

"내 말이 그 말이다."

"분위기 깨는 덴 최고지!"

미연이가 정리를 했다.

제10대 최규하 대통령 취임식이 지난 12월 21일에
있었습니다. 서울 중심가를 비롯한 전국에서 새 대통
령의 취임을 경축했습니다. 70년대를 마무리 짓고 새
로운 역사의 80년대를 여는 새 정부의 막중한 임무를
훌륭히 완수해나갈 것을 다짐하기 위해 새 대통령은
취임식장으로 향하고 있습니다. 취임식장에는 3부요
인, 주한외교사절, 국회의원 등 3천여 명이 참석, 새 대
통령의 취임을 축하했습니다. 개식 선언에 이어 국기

에 대한 경례, 국립교향악단의 연주, 바리톤 오현명의 독창과 국립시립합창단의 합창으로 애국가 제창을 마친 뒤 신현확 국무총리의 식사에 이어 최규하 대통령은 취임 선서를 했습니다.

선서. 나는 국가를 보위하며 국민의 자유와 복리 증진에 노력하며 조국의 평화적 통일을 위해 대통령으로서의 직책을 성실히 수행할 것을 국민 앞에 엄숙히 선서합니다.

최규하 대통령은 취임사에서 한반도의 주변 정세는 여전히 복잡하고 유동적인 양상이며 군사력 증강을 계속해온 북한 공산 집단은 특히 10.26 사태 이후 우리의 국론을 분열시키며 모략과 선동, 군사적인 위협을 가하고 있다고 지적했습니다. 그럼 최규하 대통령의 취임사를 들어보겠습니다.

친애하는 국민 여러분!

이 자리에 참석하신 내외귀빈 여러분!

오늘 본인은 대한민국 제10대 대통령으로 취임함에 즈음하여, 먼저 본인을 대통령으로 선출하여주신 통일주체국민회의 대의원 여러분과 국민 여러분에게 깊은 사의를 표하고자 합니다.

방금 본인은 헌법이 규정한 바에 따라 선서를 하면서, 숙연한 마음으로 대통령으로서의 막중한 책임을 다시 한 번 통감하였습니다.

돌이켜보면 지난 10월 26일 고 박정희 대통령 각하의 돌연한 서거 후, 우리 정부와 국민은 경악과 충격과 애도 속에서도 국장을 엄수하고, 그 뒤의 사태들에 냉철하게 대처하여 안정과 질서를 유지하여왔습니다.

우리 군은 철통같은 전후방 방위 태세를 유지하였으며, 미 국방부는 신속한 외교적·군사적 조치를 취하여 대한방위공약의 확고함을 명백히 하였습니다.

그리하여 안정을 바라는 대다수 국민의 염원을 바탕으로 사실상의 국민적 합의가 이루어지고, 지난 12월 6일 합헌적 절차에 의거하여 대통령을 선출하였던 것입니다.

"설마 취임사를 다 틀어주는 건 아니겠지?"
용태가 소곤거렸다. 우하는 어른처럼 논평을 했다.
"세상이 뒤숭숭하니 그럴지도 몰라."

"얘들아, 나 잘 테니 영화 시작하면 깨워라."

우하는 사람들을 둘러보았다. 어두워서 표정을 제대로 읽기는 어려웠다. 허리를 곧게 편 채 화면에 몰두하는 사람들, 미연이처럼 왜 빨리 영화를 틀어주지 않느냐며 지루해하면서도 화면에서 눈을 떼지 않는 사람들, 하품을 꺼내놓으며 슬금슬금 주변을 기웃거리며 놀 거리를 찾는 아이들…… 겨울 저녁, 산 중턱 탄광촌의 가설극장에 모인 사람들은 각기 다른 자세와 표정으로 대통령의 취임식 장면을 바라보고 있었다. 이미 텔레비전에서 몇 번이나 본 장면을.

한반도의 주변 정세도 여전히 복잡하고 유동적인 양상을 띠고 있으며, 이에 편승하여 군사력 증강을 계속해온 북한 공산 집단은, 특히 10.26 사태 후 우리의 국론을 분열시키고 사회 혼란을 야기하고자 모략과 선동을 격화하고 있으며, 경우에 따라서는 무모한 군사적 도발마저 저지를 가능성도 배제할 수 없습니다.

따라서 본인은 국민 여러분에게 우리나라는 비상시국에 처해 있다는 점을 분명히 말씀드리지 않을 수 없습니다.

이 같은 우리의 내외 현실을 직시할 때, 국기를 튼튼히 다지면서 국가의 안전과 국민의 생존권을 수호해야 할 현 정부의 소임은 과거 어느 때보다도 막중하다 하겠습니다. 그러므로 본인이 이끄는 현 정부는 국난 타개를 위한 위기관리정부라 하지 않을 수 없습니다.

이 같은 배경과 인식에 입각하여 본인은 앞으로 국정의 기본 목표를 국가 안전 보장을 공고히 하고, 사회 안정과 공공의 안녕질서를 유지하며, 국민 생활의 안정과 경제의 안정적 성장을 도모하는 동시에 착실한 정치적 발전을 추진하여 지속적인 국가 발전을 이룩해 나가는 데 두고자 합니다.

"아, 길다!"

"끝까지 갈 모양이야."

"끝까지 못 갈 것 같아."

미연이가 눈을 반짝 뜨고 말했다.

"무슨 소리야?"

"우하야, 비상시국이라고 했잖아. 그럼 비상시국이 끝나면 정식으로 다시 대통령을 뽑을 거 아냐."

"정말이야? 넌 어떻게 그리 잘 알아?"

용태가 멍석에 기댔던 허리를 바로 펴고 일어나 앉았다.

"철부지 같은 너희 둘만 모른다."

우하는 다시 가설극장 안에 모인 사람들을 둘러보았다. 그래서 그런지 대통령의 취임사를 관람하는 어른들의 표정은 왠지 침울하고 어두워 보였다.

"사람들이 그러는데, 지금은 군인들 세상이래. 대통령은 허수아비고."

미연이가 나지막하게 말했다. 연애 얘기만 좋아할 거라 여겼던 미연이의 옆얼굴을 우하는 몰래 훔쳐보았다. 그걸 눈치챘는지 미연이가 우하를 돌아보았다.

"세상이 이러니 사람들이 연애도 마음 놓고 못 하는 거야."

국민 여러분!

지금 우리는 1970년대를 마무리하고 1980년대를 맞이하는 역사의 큰 전환기에 있습니다. 우리는 지난날 3차에 걸친 경제개발5개년계획의 성공적인 추진으로 이미 산업화의 기반을 마련하고 신생공업국가로 국제 무대에 등장하였습니다.

그러나 급속한 산업화의 진전에 따라 경제적·사회적 변동이 일어나고, 이로 인하여 자치체제의 불안정이 초래됨으로써 부분적으로 마찰과 갈등 그리고 새로운 문제가 파생되기도 하였습니다.

이러한 문제들과 우리가 희구하는 자유민주주의 원칙하의 발전 과제와는 서로 연관성이 있다고 생각됩니다.

그것은 민주주의란 단순히 외형적인 제도의 모방만으로는 정착되기 어렵고, 먼저 국가적인 현실에 입각하여 우리의 사고와 행동양식을 합리화함으로써 구현될 수 있기 때문입니다. 다시 말하면 자유에 대한 책임, 권리에 대한 의무 등이 서로 균형을 이루도록 국민 모두가 노력해야 한다는 것입니다.

"봐라, 봐!"

"뭘 봐?"

용태가 물었다.

"사랑은 일단 제쳐놓고 책임과 의무를 다해 열심히 일하라고 하잖아."

"사랑을 제쳐놓으란 얘기는 못 들었는데?"

"바보 아냐?"

국민 여러분!

우리 민족은 장구한 역사를 통하여 무수한 국난과 파경을 겪어왔으나, 그때마다 이를 슬기롭게 극복하고 스스로의 생존과 문화 전통을 수호하여왔습니다.

이제 우리는 또 한 번의 국가적 시련기에 직면하고 있습니다.

지금이야말로 우리 국민 모두에게 애국심과 단합이 절실히 요구되는 때입니다.

또한 지금이야말로 우리 모두 인내와 자제로 대동단결하여 보다 차원 높은 국가 건설에의 준비를 갖추어나가야 할 시기입니다. 한 방울의 물이 모여 도도한 대하를 형성하듯 우리 국민 모두가 영광된 조국의 새 역사를 창조하기 위하여 다 같이 전진해 나갑시다.

대통령의 취임사가 끝나자 가설극장 안의 사람들은 일제

히 박수를 쳤다. 가수 혜은이가 '제3한강교'를 부르고 이은하가 '아리송해'를 열창하고 윤수일이 '아파트'를 마쳤을 때보다 더 열광적으로 박수를 쳤다. 마침내 '미워도 다시 한번'의 시간이 코앞에 도착한 것이다. 혹시라도 여기서 또 다른 무엇이 끼어든다면 아마도 폭동이 일어나 가설극장이 불타버릴지도 모른다고 우하는 걱정했다.

걱정을 쫓아내고 영화가 시작되었다. 집 근처 자그마한 저수지에서 낚시를 하고 있는 신영균, 아니 신호와 그의 아들. 둑에서는 신호의 아내와 딸이 파라솔 아래서 음식을 장만하고 있다. 찌가 움직이고 신호는 그 움직임을 예의 주시하다가 정확한 순간에 낚싯대를 들어 올려 붕어를 낚는다. 저수지 옆 파라솔 아래서 웃음을 피워내며 행복한 시간을 보내는 신호의 가족들. 그때 집에서 일하는 할머니가 뭔가 급한 일이 생겼다는 듯 신호를 부르며 저편에서 달려온다.

"시작은 밋밋해. 별 매력이 없는 시작이야."

미연이가 영화평론가처럼 토를 달았다. 용태가 맞장구를 쳤다.

"맞아, 영화는 시작이 대단히 중요한데 말이야."

"네 시작은 미약하나 나중은 심히 창대하리라."

우하의 변론이었다. 미연이와 용태가 킥킥거렸다.

"목사님 나오셨네!"

옷을 겹겹이 껴입고 담요까지 뒤집어쓴 가설극장의 관람객들은 화면이 남자주인공 신호와 여자주인공 혜영의 8년 전의 연애 시절로 돌아가자 본격적으로 몰입하기 시작했다. 그러니까 8년 뒤 혜영이 신호의 아들인 영신이를 동반한 채 다시 나타나면서부터. 성당 마당의 나무의자에 앉아 복잡한 표정으로 그 둘을 기다리는 장면에서 신호의 독백이 흐른다.

8년이란 세월이 흐르고 혜영이는 다시 내 앞에 왔다.

"뭐야, 옛날 애인이야?"

"저 남자가 바람피운 거야."

"정말? 니가 어떻게 알아?"

"딱 보면 알아. 영화 한두 번 봤냐."

"나쁜 놈이네!"

"용태야, 사랑이란 게 원래 그렇단다. 슬픈 거야. 니가 사랑을 알겠는가마는……"

신호와 혜영은 서로의 하숙집을 오가며 사랑을 나눈다. 같이 밥을 먹고, 혜영이 신호의 빨래도 해주고, 자전거도 타고…… 골목 끝 하숙집 앞에서 헤어지는 장면으로 이어지자 옆에 있는 미연이가 서울 억양으로 말한다.

"바이바이!"

그러자 신기하게도 화면 속 혜영이 그대로 따라 한다.

"바이바이!"

휴일 아침, 혜영이 하숙방 창문 앞에 가서 부르자 늦잠에서 깨어난 신호가 속옷 차림으로 밖을 내다본다. 그때 미연이가 다시 입을 열었다.

"어머, 잠꾸러기!"

그러자 화면 속 혜영이 똑같이 따라 한다.

"어머, 잠꾸러기!"

용태가 고개를 홱 돌리더니 미연이에게 물었다.

"너 이 영화 봤지?"

"봤지."

"봤는데 왜 또 봐?"

"원래 좋은 영화는 여러 번 보는 거야."

"어디서 봤는데?"

"예전에 영월읍내에서."

"하여튼 미리 말하지 마라. 처음 보는 사람 흥미 떨어진다."

"노력해볼게."

가을에 방 두 개 있는 집으로 이사를 가자는 혜영의 말에 신호의 표정은 어두워진다. 신호는 자신이 유부남이란 걸 혜영에게 말하려 하지만 그러지 못한다. 그러던 어느 날 시골에 있던 신호의 아내가 두 아이를 데리고 다짜고짜 서울로 올라온다. 난처해진 신호는 방이 좁으니 여관에 가자고 하나 보따리를 이고 있는 다소 촌스런 차림새의 아내가 걸걸한 목소리로 말하기도 전에 미연이가 못 참고 먼저 입을 연다.

"아니, 왜 방을 두고 여관엘 가요!"

"에이, 먼저 말하지 말라니까!"

"미안."

결국 빨래한 옷을 가지고 찾아온 혜영은 신호의 아내와 맞닥뜨리고 만다. 하숙집 마당에 전운이 가득하다. 이러저러한 말이 오가다가 마침내 신호의 아내가 담판을 내겠다는 표정으로 말하기 전에 미연이가 먼저 선수를 친다.

"남자답게 말해요. 나예요, 저 여자예요?"

혜영은 얼굴을 홱 돌려 하숙집 마당을 뛰쳐나오고 신호가 그 뒤를 쫓아간다. 혜영은 자기 방에서 울고 있고 뒤이어 도착한 신호에게 혜영이 결심을 말하기도 전에 미연이가 참지 못하고 또 입을 연다.

"전 선생님의 아기를 가졌어요. 선생님 핏줄은 소중하게 간직하고 가겠어요."

가설극장의 관객들이 웅성거리기 시작한다. 여기저기서 욕하는 소리, 탄식하는 소리가 튀어나온다. 눈물을 훌쩍이는 관객도 있다. 서울을 떠나 고향으로 돌아간 혜영의 처지는 더 절박해진다. 아비 없는 아이를 임신해 왔다고 집에서 쫓겨난다. 혜영의 발걸음은 어느덧 바닷가 천길만길 절벽 위에서 멈춘다. 바람이 불고 절벽은 아득하고 절벽 아래의 파도는 바위를 향해 거세게 밀려들기를 반복했다. 그때 어느 여자 관객이 뒤편에서 소리쳤다.

"죽지 말아요! 당신은 아무 잘못도 안 했어요! 죽을 사람은 따로 있잖아요!"

그러자 다른 여자들도 하나둘 목소리를 높였다. 남자들은 헛기침을 하고. 미연이도 가만히 있지 않았다.

"죽을 수는 없어. 난 그이의 아이를 낳을 거야. 내 손으로 훌륭하게 키울 거야."

하지만 미연이의 목소리는 너무 작아서 용태와 우하만 들을 수 있었다. 궁금증을 이기지 못한 용태가 미연이에게 물었다.

"저 여자 안 죽어?"

바로 그때, 미연이가 미처 대답도 하기 전에 갑자기 가설 극장의 화면에서 모든 게 사라져버렸다. 필름이 끊어진 거였다. 혜영의 선택을 놓고 왈가불가하던 사람들이 일제히 고개를 돌려 뒤편의 원두막 같은 영사실을 바라보았다. 이번엔 영사실을 향해 남자들의 욕설이 쏟아졌다.

"아, 중요할 때 필름을 끊어먹으면 어떡해!"

"돈 돌려줘!"

"탄광촌이라고 우습게 보는 거야, 뭐야!"

"어디서 다 낡아빠진 필름 가져온 거 아니야!"

끊겼던 필름이 다시 이어졌다. 시끄럽던 가설극장 안이 이내 조용해졌다. 혜영은 바람 부는 바닷가에서 긴 대나무 장대를 이용해 파도에 밀려오는 미역을 건지고 있다. 관객들이 다시 웅성거렸다.

"안 죽었네!"

"잘했어!"

"그럼 살아야지!"

그리고 백사장 한쪽에 앉아 있는 아이가 화면에 나타났다. 미역을 건지던 혜영이 아이에게 손을 흔든다.

"애를 낳았네!"

"벌써 저렇게 큰 거야?"

"에이, 시간이 흘러간 거잖아."

"오 분도 안 지났는데?"

"이 사람아, 영화잖아, 영화!"

"영화면 저렇게 빨리 커도 되는 거야?"

"그러니까 영화지!"

혜영은 바닷가 작은 마을, 허름한 단칸방에서 아들 영신이와 함께 가난하게 살고 있다. 영신이는 시간이 흐를수록 아버지를 그리워하게 되고 결국 혜영은 영신이를 아버지에게 보내기로 결심한다. 혜영은 아버지 집에 가면 큰엄마가 있고 누나와 형이 있다고 알려준다. 그렇게 영신이는 엄마와 헤어져 아버지 집에서 살게 되지만 그 생활이 녹록하지는 않다. 누나와 형이 틈만 나면 이복동생 영신을 괴롭히기 때문이다. 마침내 영신이가 아버지에게 자신의 심정을 얘기하려 하는데 미연이가 또 선수를 쳤다.

"아버지, 엄마가 보고 싶어요."

이어지는 아버지의 대화까지.

"묵호 엄마 생각하면 안 돼. 여기 엄마가 엄마야."

갈등이 계속되더니 급기야 영신이가 엄마에게로 가기 위해 홀로 기차역으로 걸어가다가 육교 위에서 할아버지 한 분을 만나는데 역시나 미연이가 선수를 쳤다.

"할아버지, 묵호를 가려면 어디로 가야 돼요?"

영신이는 엄마를 찾아 묵호로 가지 못한다. 그 슬픔을 아는지 비가 쏟아진다. 아버지와 큰엄마는 집을 나간 영신이를 찾아 헤매고…… 공교롭게도 이날 엄마가 영신이를 보려고 서울로 왔다가 비에 젖은 채 대문 앞에 쪼그려 앉아 울고 있는 영신이를 멀리서 바라보게 된다. 엄마는 선뜻 다가가지 못하는데 미연이가 먼저 말을 꺼낸다.

"영신아, 자면 안 돼! 자면 안 돼!"

가설극장의 관객들이 여기저기서 훌쩍거린다. 미연이가 영신의 엄마가 되어 말한다.

"놔두세요. 내 자식 내가 길러요! 아무에게도 안 맡겨요."

미연이의 일인다역의 목소리는 계속 이어진다.

"혜영이, 죄 많은 나를 용서해 주시오……"

"큰엄마 안녕! 아빠 안녕!"

청량리역에서 출발한 기차를 타고 가는 혜영은 차창에 기대어 흐느끼고 미연이의 마지막 대사가 이어진다.

"안녕…… 안녕……"

그리고 영화는 끝났다.

우하는 빈 화면을 멍하니 바라보았다. 가설극장의 천막은 모두 걷혔고 커다란 화면만 정면에 걸려 있었다. 문득 이상한 느낌이 들어 하늘을 바라보니 눈송이가 천천히 떨어졌다. 눈송이는 하늘에만 있는 게 아니라 멍석 위에도, 걸치고 있던 담요에도 소복하게 덮여 있었다. 눈이 내리는 줄도 모르고 영화를 보았다니……

"안녕!"

용태가 인사를 했다.

"안녕!"

미연이가 답례를 보냈다.

"안녕!"

우하가 마무리를 지었다. 그리고 각자의 집을 향해 발길을 돌렸다.

눈은 점점 더 많이 내렸다. 집으로 돌아가는 길은 하얀 눈길이었다. 손전등 불빛을 하늘로 향하면 빛의 기둥 속으로 눈송이들이 촘촘하게 들어차 있었다. 지게를 진 아버지는 '미워도 다시 한 번' 노래를 흥얼거리고 엄마는 연하에게 나중에 커서 영화 속의 혜영처럼 살면 안 된다고 계속해서 훈계를 늘어놓았다. 연하는 알았으니 제발 잔소리 좀 그만하라고 투덜거렸다.

눈발은 점점 더 굵어졌다. 폭설이 내릴 것 같았다. 우하는 그 눈송이들이 하늘에서 내려와 손전등의 빛기둥 속으로 들어왔다가 사라지는 모습을 넋을 잃은 채 바라보았다. 마치 허공을 밟으며 걸어가는 것 같은 기분이었다. 캄캄한 밤하늘을 날아와 빛의 기둥 속으로 잠시 들어왔다가 사라지는 게 인생이란 생각마저 들자 갑자기 어른이 된 듯도 싶어 기분이 우쭐했다. 눈송이들로 가득한 하늘에는 동생 연하에게 잔소리를 늘어놓는 엄마도, 노래를 흥얼거리는 아버지의 모습도 보이지 않았다. 그곳은 영화처럼 아름다웠다. 그러나 그 기분도 잠시, 우하는 무엇인가에 발이 걸려 눈이 덮인 길바닥에 제대로 엎어지고 말았다.

앞서 가던 아버지와 엄마, 연하가 엎어진 우하를 물끄러미 내려다보았다. 엄마가 가족을 대표해서 한마디 건넸다.

"아까부터 니 걸어오는 걸 봤는데 내 그럴 줄 알았다."

1980년
마가리 극장

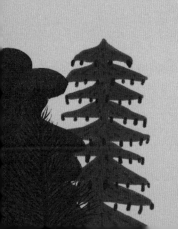

내 친구의 집은 어디인가

"중대 발표가 있어!"

이불 속에 엎드려 만화책을 넘기던 용태가 벌떡 일어나 앉았다. 우하와 미연은 일어나지 않고 용태의 얼굴만 잠시 바라보았다.

"입이 근질거려 도저히 못 참겠어."

"궁금하지 않으니 말하지 마."

"나도."

우하와 미연은 다시 만화책과 주간지로 눈을 돌렸다. 눈웃음을 흘리며.

"궁금하지 않다고? 어떻게 그럴 수가 있어? 느그들이 내 친구 맞아?"

용태는 두 사람이 덮고 있던 이불을 확 끌어당겼다.

"어? 야, 느그들 이불 속에서 손은 왜 잡고 있어? 내 방에서 나 몰래 연애하는 거야?"

"미연이가 잡고 안 놔주는 거야."

"그냥 손이 옆에 있어서 잡은 거야. 연애는 무슨 연애. 그래, 중대 발표가 뭔데?"

우하와 미연이도 일어나 앉았다. 용태의 방에서 오후 내내 만화책과 주간지를 보던 중이었다. 용태의 구석방은 겨울방학 내내 세 사람의 아지트 역할을 했다. 셋이 모여 공부를 한다는 거창한 목표로 출발했지만 목표는 그저 목표일 뿐이었다. 옥동광업소 직원숙소에서 가져온 만화책과 주간지, 소설책이 넘쳐났기에 교과서는 늘 한 시간도 채 버티지 못하고 밀려나곤 했다.

"모운동에 곧 진짜 극장이 생긴다."

"진짜?"

"어디에?"

"요 위 광원회관을 지금 극장으로 개조하고 있어. 다음 주 토요일에 문을 여는데 그보다 더 중요한 사실이 있어. 그게 뭔지 아냐?"

"…… 몰라."

"혹시 니네 아버지가 사장 아냐?"

미연이가 무엇인가를 눈치챈 듯 눈을 가늘게 뜨고 용태를 노려보았다. 용태의 눈이 동그랗게 변했다.

"니가 그걸 어떻게 알아?"

"미장원 하는 우리 엄마가 모운동 소식통이잖아! 니가 입을 꾹 다물고 있어서 긴가민가했는데, 짜식, 그동안 입 다물고 있느라 엄청 힘들었겠다."

"죽는 줄 알았다!"

모운동에 극장이 들어선다. 그것도 용태 아버지가 사장이다. 그렇다면…… 용태는 매일 영화를 볼 수 있다는 얘기다. 그것도 공짜로. 가만…… 용태가 나와 미연이에게 돈을 받을까, 받지 않을까? 그래도 가장 친한 친구인데……

"용태 니 우리한테 돈 받을 거야, 안 받을 거야?"

미연이가 선수를 쳤다.

"야, 내가 니들한테 돈을 왜 받아. 당연히 공짜지!"

"그건 니 생각이고. 극장 입구에 니네 아버지가 서 있고 매표소엔 니네 엄마가 앉아 있으면 어떡할 건데?"

"우리 아버지 말론 직원들을 채용할 거래. 매표소와 청소담당, 영사기사 그리고 극장관리인. 영사기사는 이미 채용

했는데 우리 삼촌이 오기로 했어. 그런데…… 여기서 중요한 점이 뭔지 알아? 주말엔 바로 내가 영사기사가 된다는 거야."

우하와 미연이의 입이 동시에 쩍 벌어졌다.

"내가 영사기사로 일하는 주말엔 너희 둘은 마음 놓고 영사실을 드나들 수 있다는 거지. 거기서 영화를 보는 거야!"

"…… 기술자도 아닌데 니가 어떻게 영사기를 돌려?"

"우리 삼촌 얘기론 별로 어렵지 않대. 며칠만 배우면 된다고 하더라고. 우하야, 그때 같이 배우자. 근사할 것 같지 않아?"

"야, 나는?"

"미연아, 너는 영화나 열심히 봐. 여자 영사기사는 없어."

"그런 게 어디 있어? 언젠가는 여자가 영사기를 돌리는 날이 올 거야! 여자가 영화감독이 되는 날도! 야, 그나저나 극장 만드는 거 구경 가면 안 돼?"

"안 돼. 우리 아버지 계획은 끝까지 숨겼다가 깜짝 개관을 하는 거야. 그래서 내가 그동안 말도 못하고 참았던 거야. 너희들도 비밀을 지켜줘."

"야, 세상에 완벽한 비밀이 어디 있냐?"

"왜 그러시는데?"

문득 우하는 광업소를 떠올렸다. 아니나 다를까……

"자세한 건 모르고 저쪽과 뭔 문제가 있나 봐."

용태가 손가락으로 망경대산이 있는 북쪽을 가리켰다. 그곳엔 광업소밖에 없었다.

"멀리서 구경하는 건 괜찮을 거야. 야, 갑갑했는데 겸사겸사 바람이나 쐬러 나가자."

미연이가 주간지를 던져버리고 벌떡 일어났다. 우하도 일어나 두툼한 잠바를 걸쳤다. 용태는 방금 전 자기가 손가락으로 가리킨 망경대산 광업소 쪽을, 실제로는 만화책들이 가득 쌓여 있는 벽을 다시 한 번 바라보다가 외양간에서 어미 소가 일어나듯 게으르게 방바닥에서 엉덩이를 들어올렸다.

우하는 용태와 미연이를 따라 골목길을 타박타박 걸었다. 셋이 즐겨 이용하는 모운동의 좁고 구불구불한 골목길 산책은 매번 흥미진진했다. 누가 갑자기 작은 대문을 벌컥 열고 나올지 몰랐고, 한 사람이 겨우 빠져나갈 수 있는 길인데 맞은편에서 덩치 큰 아줌마가 나타날 수도 있었다. 그러면 담벼락에 거의 쥐포처럼 붙어야만 교차가 가능했다. 사나운 개가 열린 대문을 통해 갑자기 밖으로 뛰쳐나올 수도 있었다. 그러면 없는 꽁지가 빠질 정도로 좁은 골목길을 달려야만 한다. 더 이상 달릴 힘이 없으면 담벼락으로 기어오르거나 대문이 열려 있는 집으로 후다닥 피신을 한 적도 있었다. 그 집 사람들이 어안이 벙벙한 눈으로 바라봐도 숨만 헐떡거렸다. 손으로 대문 밖만 가리키며. 우하는 골목길을 걸을 때마다 그때를 떠올렸다. 그 이후 골목길을 걷다가 장독대 위에서 자그마한 발바리가 짖어도 깜짝깜짝 놀라곤 했다. 골목길엔 이상한 낙서도 많았다. 으슥한 골목길일수록 이상한 그림이 많이 그려져 있었다. 낮은 담 너머엔 훔쳐볼 수 있는 것들도 많았다. 지금은 겨울이라서 삭막한 것들뿐이지만 여름이 되면 달랐다. 미연이가 없는 날이면 용태는 이상야릇한 것들을 볼 수 있는 골목으로 우하를 잡아끌었다. 그곳은 바로 요정집의 뒷마당이었다. 빨랫줄에 줄줄이 걸린 여자들의 속옷을 킥킥거리며 훔쳐보곤 했다. 운이 좋은 어느 여름날엔 요정집의 여자들이 수돗가에서 목욕하는 장면을 본 적도 있었다. 그 이후 용태와 우하는 골목길을 순례할 때면 꼭 요정집의 뒷마당을 볼 수 있는 곳을 빠트리지 않았다. 그러나 그것도 한철이었다. 꼬리가 길면 잡히는 법. 용태와 우하 말고도 그 비밀을 아는 다른 녀석들이 있었고 들킨 모양이었다. 어느 날부터 요정집의 뒷마당을 훔쳐보는 즐거움이 사라졌으니…… 우하는 맨 앞에 선 용태가 인도하는, 함석집들 사이의 골목길이 어디로 향하는지 가늠해 보았다. 녀석은 광원회관이 한눈에 내려다보이는 연애바위로 향하고 있음이 틀림없었다. 어쨌거나 굉장한 일이었다. 모운동에 극장이 생기다니.

"저거, 영사기 아냐?"

"맞아! 오늘 서울에서 영사기가 도착한다고 그랬어. 근데 중고 영사기야. 마침 문을 닫은 극장이 있어서 거기 장비를 몽땅 가져오기로 한 거야."

연애바위 위에서 팔짱을 낀 채 고개를 끄떡이는 용태에게선 전과는 달리 극장 주인의 아들다운 풍모가 느껴졌다. 그런 용태의 모습이 왠지 다른 사람 같아 우하는 조금 시무룩해졌다. 용태의 양쪽 어깨 위에서 커다란 날개가 펄럭이는 것만 같았다.

"설마 한물간 영화만 상영하는 건 아니겠지?"

나팔바지를 입은 미연이가 연애바위 위에서 모델처럼 자세를 취한 채 물었다. 사진기가 있다면 한 장 찍어주고 싶었지만 우하는 손가락 사진기로 미연이의 옆모습을 찍어주었다. 대답을 미루고 머릿속으로 한참 동안 계산기를 두드리던 용태가 결국 입을 열었다.

"주중엔 최근 제작된 영화, 주말엔 명화만 틀 거야. 삼촌이 주말마다 서울에 가서 필름을 직접 가져오고. 그래서 주말엔 내가 영사기를 돌리기로 한 거야."

"오호!"

"첫 영화는 정해졌어?"

우하가 끼어들었다. 광원회관으로 바삐 드나드는 사람들을 내려다보며. 모처럼 날씨가 좋아 산 아래의 마을과 저 멀리 충청도의 눈 덮인 산들까지 선명하게 보였지만 눈에 들어오는 것은 오직 곧 극장으로 모습을 바꿀 광원회관뿐이었다.

"그래, 용태야, 첫 영화가 뭐야?"

"그것도 원래 비밀인데……"

"용태야, 나한테 꼬집히고 말할래, 아니면 저 아래로 떨어진 뒤에 말할래?"

미연이가 다가가자 용태는 연애바위의 끝으로 한 걸음 물러났다. 그곳은 낭떠러지였다. 그 아래를 힐끗 내려다본 용태가 일부러 겁먹은 표정을 지었다.

"미연아, 비밀을 누설하면 나는 끝장이야!"

"니가 무슨 스파이냐!"

갈퀴 같은 양손을 치켜든 미연이가 용태에게로 한 걸음 더 다가갔다.

"알았어, 말할게. 말해도 너희들은 모르는 외국 영화야. 나도 모르고. 우리 삼촌이 정한 영환데 제목이 '내 친구의 집은 어디인가'야."

"…… '내 친구의 집은 어디인가'?"

"응. '내 친구의 집은 어디인가'."

"'내 친구의 집은 어디인가'……"

미연이와 용태가 영화 제목을 주고받았고 우하는 그 제목을 따라서 중얼거렸다. 이상한 제목이었다. 지금까지 들어본 어떤 영화 제목과도 닮은 데가 없었다. 아니, 영화 제목이 아닌 것처럼 느껴졌다. 그냥 우하 또래의 친구들이 일상적으로 쓰는 말 같았다. 표정을 보니 미연이와 용태도 비슷하게 생각하는 것 같았다. 모운동이 한눈에 내려다보이는 연애바위 위에서 세 사람은 잠시 말없이 아직 보지 못한 영화의 제목을 머릿속에서 이리 굴리고 저리 굴렸다. 아무리 굴려도 밋밋함이 사라지지 않는 영화 제목을.

"니네 삼촌 뭐 하는 사람이냐?"

미연이가 단물 빠진 껌을 툭 뱉어내듯 물었다.

"…… 내가 볼 땐 괴짜야. 우리 아버지는 세상 물정 모르는 골치 아픈 막내라고 하고. 우리 엄마는 뭐라 그랬더라……"

"직업이 뭐야?"

"뭐…… 이것저것 다 하는 것 같아."

"결혼 안 했지?"

"응."

"잘생겼냐?"

"허우대는 멀쩡해."

세밀한 질문과 답변이 여러 번 더 오고 간 뒤에 미연이가 깔끔하게 용태의 삼촌을 정리했다. 1차 정리를 내린 미연이의 눈동자가 호기심으로 반짝였다.

"한마디로 날건달이구나. 니네 삼촌 모운동에 언제 오냐?"

"금요일에."

"오케이! 자, 이제 니네 삼촌 얘긴 그만하고 우하네 집으로 놀러 가자!"

"우리 집? 왜?"

"용태 너, 우하네 집에 가본 적 있어?"

"없어."

"나도 가본 적 없어. 내 친구의 집은 어디인가? 오늘 한번 가보자."

"아, 내 친구의 집은 어디인가!"

용태가 크게 고개를 끄떡거렸다. 우하는 어리둥절한 표정을 지었고 미연이는 벌써 연애바위를 떠났다.

"우리 집 여기서 멀어. 아무리 빨리 갔다 와도 해 떨어질 거야."

우하가 만류했지만 미연이와 용태는 말을 듣지 않았다. 둘이 앞장서서 걷고 있으니 우하가 거의 끌려가는 형국이었다. 미처 보지도 못한 영화 제목 때문에 이런 일이 벌어질 줄은 정말 꿈에도 생각하지 못했다. 하지만 두 친구에게 보여줄 게 없었다. 화전민이 살던 허름한 집을, 여동생과 같이 쓰는 작은 방을 보여준다는 게 창피하기만 했다. 소, 닭, 개도 마찬가지였다. 광부인 아버지, 집에서 일만 하는 엄마…… 우하의 발걸음은 점점 무거워졌다. 소나무 가지에 쌓여 점점 얼어가는 눈처럼.

"얘들아, 다음에 가면 안 될까……"

길이 두 갈래로 갈라지는 곳에서 우하는 걸음을 멈췄다. 미연이와 용태도 뒤돌아섰다. 갈림길이니 더 이상 계속 갈 수도 없었다. 두 길 모두 집으로 가는 길이었지만 한쪽은 평탄하고 다른 한쪽은 꼬불꼬불한 산길이었다. 미연이가 웃으며 우하에게 다가왔다.

"우하야, 너 니네 집 보여주는 게 창피해서 그러지?"

"사실은…… 별로 보여줄 게 없어."

"야, 보여줄 게 왜 없어. 난 너희 집에서 기르는 소가 정말 보고 싶단 말이야!"

"소?"

"응. 난 소의 눈이 좋아. 송아지의 눈은 더 좋고."

"송아지는 없어."

"나도 산골짜기에 외따로 있다는 니네 집이 보고 싶어."

용태가 끼어들었다.

"외딴 집은 왜 보고 싶은데?"

"무술영화나 액션영화를 보면 주인공은 그런 곳에 숨어 살며 무공을 연마하거나 농사를 지으면서 살거든. 그러다 악당들이 어떻게 알고 들이닥치지. 영화는 거기서 시작되는 거야."

"우리 집은 그냥 허름한 시골집이야."

"그런 집이라야 악당들이 처음엔 눈치를 못 채거든."

"야, 지금 영화 찍는 거 아니잖아."

"자자, 이제 됐지? 어느 길로 가야 니네 집에 빨리 갈 수 있어?"

미연이가 말을 끊고 재촉했다.

"둘 다 가능한데 너희들이 선택해. 이쪽은 평탄하지만 돌아가는 길이고 저쪽은 험하지만 빨리 가는 길이야."

"저쪽!"

미연이와 용태가 동시에 소리쳤다.

미연이가 가운데에 서고 용태와 우하가 그 옆에서 손을 잡고 걸었다. 미연이와 용태가 선택한 길은 망경대산 너머 납석광산으로 이어진 운탄로(運炭路) 중 하나였다. 나무가 별반 없는 망경대산 산비탈엔 무수히 많은 길들이 복잡하게 뒤얽혀 있었다. 대부분 광산과 연관된 길이었는데 광산에 들어온 지 얼마 안 된 사람들은 툭하면 길을 잃곤 했다. 처음엔 하나였던 길이 언덕을 오르면 새로 나타난 길과 만나고, 모퉁이를 돌면 또 다른 길과 조우했다. 잠깐 딴생각을 하거나 한눈을 팔면 다른 길로 접어들기 일쑤였다. 문제는 그 길이 그 길 같아서 다른 길로 접어들었다는 사실을 한참 이 지나서야 비로소 눈치챘다는 거였다. 망경대산의 운탄 로는 모운동의 골목길보다 더 미로 같아서 초행자들은 아 예 들어서길 꺼렸다. 그래서 마이크로버스를 놓치면 시간 이 더 걸리더라도 먼 길을 돌아 산 아래 옥동으로 내려갔다 가 올라오곤 했다. 우하 역시 이사 온 지 얼마 되지 않았을 땐 학교에서 하교할 때 늘 길을 잃고 산자락을 헤매다 집으 로 돌아오곤 했다. 그럼에도 운탄로는 묘한 매력이 있어 포 기하기가 쉽지 않은 길이었다. 아마도 탄을 캐고 돌아온 아 버지의 말 때문인지도 몰랐다. 술 한잔 얼큰하게 마시고 들 어온 날 아버지는 말했다. 망경대산 땅속에는 그보다 더 복 잡하게 얽혀 있는 굴들이 있다고. 그 굴속에서 길을 잃거나 굴이 무너져 내리면 영영 땅 밖으로 나오지 못한다고. 캄캄 한 굴속에서 누가 구조해줄 때까지 기다려야 한다고. 우하 는 가끔 학교에서 수업을 받다가 이웃 동네의 탄광이 매몰 됐다는 소식을 들을 때면 자신도 모르게 아주 큰 바위가 마 음속으로 쿵! 하고 떨어지는 걸 느끼곤 했다. 그리고 아버지를 떠올렸다. 땅속 깊은 굴속에서 탄을 캐고 있는 아버지를. 땅속에서 탄을 캐고 있는 아버지 때문인지 몰라도 우하는 망경대산의 운탄로를 걸을 때마다, 어느 시기부터 갈림길이 나타날 때마다 자신만이 알 수 있는 표식을 만들기 시작했다. 특이한 돌을 세워놓거나 학교에서 가져온 몽당분필로 나무줄기에 화살표를 그리기도 했다. 또 어떤 갈림길에는 나뭇가지를 십자로 묶어 집으로 가는 길에 세웠다. 동생에게도 그 표식을 알려주고 매번 확인을 했다. 우리가 길을 잃지 말아야 땅속의 아버지도 길을 잃지 않는다고 말해주며.

"이거 그거야?"

미연이가 갈림길 옆에 큰 돌로 삼층탑을 세워놓은 걸 보곤 물었다. 그 삼층탑에 빨간 분필로 그려놓은, 희미해진 화살표는 소나무 몇 그루가 양쪽에 서 있는 길을 가리키고 있었다.

"맞아."

"니랑 동생만 알 수 있는 표시네. 근데 화살표가 다 지워졌잖아."

"이젠 이런 거 없어도 돼."

"야, 진짜 갈림길이 너무 많고 풍경도 비슷비슷해서 이게 없으면 내 친구 집을 못 찾아가겠다."

축구공만 하게 눈을 뭉쳐 탑 위에 올려놓으며 용태가 말했다. 용태는 마른 나뭇가지를 부러뜨려 그것으로 눈, 코, 입 대신 걸어온 길 쪽으로 화살표를 만들었다. 미연이가 다가와 물었다.

"눈사람 머리에다 화살표를 왜 붙이는 거야?"

"이래야 우하네 집에서 돌아올 때 길 잃어버리지 않지."

"오, 용태 똑똑하네!"

세 사람은 다시 트럭의 바퀴에 눈이 다져진 길을 걸었다. 오가는 사람은 없었다. 석탄이나 동발을 싣고 가는 트럭도 만나지 않았다. 우하네 집으로 가는 길은 작년부터 망경대산 서쪽의 갱도가 폐쇄되면서 가끔 자재를 실은 트럭이 지나다닐 뿐 한적한 길로 변해 있었다. 덕분에 광업소 사람들보다 우하가 사는 예밀리 산동네 이 골짜기 저 골짜기에 사는 사람들이 모운동을 오갈 때 더 자주 이용했다. 세 친구는 산 아래 마을이 한눈에 내려다보이는 전망 좋은 갈림길에서 다시 걸음을 멈췄다. 우하는 손가락으로 셋이 함께 다니고 있는 옥동중학교의 위치를 알려주었다. 너무 작아서 검지 손톱으로도 가릴 수 있는 학교를.

"우리가 진짜 높은 산꼭대기에서 사는구나!"

미연이가 나이든 할머니처럼 탄식을 내뱉었다. 용태는 우하가 만들어놓은 나무막대기에 누군가가 버린 과자봉지를 묶은 뒤에야 산 아래를 내려다보더니 시인처럼 한마디 던졌다.

"우린 구름 위에서 사는 거야."

"구름이 어디 있어?"

"미연아, 구름은 있다가도 없는 거야."

"애가 오늘 폼 좀 잡네!"

"가자, 이제 거의 다 왔어."

모운동 쪽은 탄광이 생긴 여파로 산이 헐벗었지만 우하가 사는 예밀리 산동네는 그나마 나무들이 제법 우거져 있고 곳곳에 비탈 밭이 있는 산촌이었다. 남자들은 우하의 아버지처럼 탄을 캐는 일과 시간을 쪼개어 농사일을 같이 하는 경우가 많았다. 그 나머지 농사일은 여자들 몫이었다. 대관령에서 조그맣게 농사를 짓다가 이사 온 우하의 아버지와 엄마가 모운동을 포기하고 이곳에 터를 잡은 것도 어차피 농사일을 같이 해야 한 푼이라도 더 돈을 벌 수 있다는 계획에서였다. 사실 우하는 지금이라도 용태와 미연이가 살고 있는 모운동으로 이사를 갔으면 하면 바람이었지만 바람은 그저 바람일 뿐이었다.

"저 집이야."

우하는 큰 뽕나무 한 그루가 마당 귀퉁이에서 겨울 하늘을 이고 서 있는 언덕 위의 집을 가리켰다. 뽕나무 가지에 그네가 매달려 있는 집을.

"오, 무림의 고수가 숨어 지내기 딱 좋은 집이야!"

"내 친구의 집이 저기구나!"

세 사람은 깔깔, 낄낄 웃으며 언덕길을 올라갔다. 그 소리를 듣고 집에서 개가 짖었다. 우하는 엄마가 집에 있는지, 아니면 이웃집에 놀러 갔는지를 생각하며 무릎에 힘을 주었다. 개 짖는 소리가 점점 커지는 언덕길이었다.

"마가리 극장?"

"이게 극장 이름이야? 누가 지었어?"

"우리 삼촌."

"멋있는 이름 많을 텐데 왜 하필 마가리 극장이야?"

"미연아, 저번에 말했지만 우리 삼촌 은근 괴짜야."

"마가리 극장이라니. 움막 극장이란 얘기잖아. 니네 삼촌 진짜 웃긴다."

"난 괜찮은데. 뭔가…… 특별해."

미연이와 우하의 말에 용태가 멋쩍은 듯 씩 웃었다.

극장 앞은 첫날 공짜 영화를 보러 온 사람들로 북적거렸다. 다 들어갈 수 있을지 걱정일 정도로 사람들이 많았다. 지붕이 없는 가설극장이 아니라 정식 극장이어서 낮에도 영화 상영이 가능한 터라 토요일 오후 소문을 듣고 몰려온 사람들은 극장의 외관을 구경하며 어서 빨리 문이 열리길 기다리고 있었다. 게시판에는 앞으로 상영될 영화 포스터 가 나란히 붙은 채 사람들의 시선을 불러 모았다. 용태는 미연이와 우하를 조금 있으면 상영될 영화의 포스터 앞으로 데려갔다. 포스터에는 초등학생 정도로 보이는, 눈이 맑은 아이가 어딘가를 바라보고 있었다.

"이거 애들 영화 아냐?"

미연이가 대뜸 소리쳤다.

"나도 못 봤어. 자 따라와. 다른 사람들보다 먼저 극장 구경해야지."

우하는 미연이와 함께 극장 뒤편의 쪽문으로 용태를 따

라갔다. 그곳엔 '관계자 외 출입 금지'라고 붉은 페인트로
쓴 글씨가 문에 적혀 있었다. 우하는 침을 삼킨 뒤 허리를
굽힌 채 그 문으로 들어갔다. 마치 캄캄한 동굴 속으로 들어
가는 기분이었다.

　우하가 정식 극장에 들어가 본 것은 영월읍내에 단 하나
있는 극장이 전부였다. 중학교에서 단체관람을 가거나 아
버지가 쉬는 날 식구들과 함께 그리고 용태와 미연이와 함
께 간 적이 있었다. 그러니까 모운동의 마가리 극장은 우하
의 두 번째 극장이었다. 당연히 가슴이 콩닥거렸다. 복도를
지나 두툼한 문을 열고 다시 두툼한 커튼을 젖히고 들어가
자 관람석 중간이었다. 오른쪽에는 대형화면, 왼쪽 2층엔
영사실, 그 양쪽 옆의 자그마한 2층 관객석, 이 모든 게 영
월극장에서 본 것과 비슷했다. 다른 게 있다면 넓은 관객석
의 의자들이었다. 맙소사! 드럼통으로 만든 연탄난로는 그
렇다 치더라도 영화를 보는 의자가 학교에서 공부할 때 앉
는 의자와 똑같았다. 바닥에 고정된 게 아니라 들고 다닐 수
있는 의자. 그나마 다행인 건 계단처럼 바닥에 세 칸 정도
층을 둬서 앞사람의 머리에 화면이 가리는 건 조금이나마
피할 수 있었다. 첫 번째 층은 원래 있던 시멘트바닥, 두 번

째 층과 세 번째 층은 이번에 새로 만든 나무 바닥이었다.

"의자 봐라, 의자. 한마디로 급조한 극장이군!"

미연이가 참지 못하고 정곡을 찔렀다.

"맞아! 그래서 우리 삼촌이 마가리 극장이라고 이름을 붙인 거야. 대신 영화만은 좋은 영화를 틀 거래. 그렇지 삼촌?"

용태가 이층 영사실을 향해 소리쳤다. 그러자 영사실에서 장발 머리를 철렁거리는 남자가 1층으로 고개를 내밀었다. 용태 삼촌인 모양이었다.

"용태야, 니가 말한 친구들이야?"

"맞아. 삼촌, 친구들이랑 영사실 구경 가도 돼?"

"오늘만 특별히 허락할 테니 너희들은 여기 올라와서 영화 봐."

"오케이!"

극장 휴게실에는 더 많은 영화 포스터들이 액자에 넣어져 벽에 걸려 있었다. 우하는 그 포스터들을 하나하나 훑으며 2층으로 향했다. 미연이도 벽에 걸어놓은 영화 포스터의 제목을 따라 읽으며 계단을 올라갔다. 1층 휴게실의 포스터들은 국산 영화들이었는데 2층으로 올라가는 계단 옆 벽에는 외국 영화의 포스터들이 터를 잡고 있었다. 우하와 미연이는 아주 천천히 계단을 한 칸씩 올라가며 번갈아 그 영화의 제목들을 중얼거렸다.

"지중해!"

풍성한 긴 머리의 여자가 하얀 속옷을 입은 채 건물의 벽에 기대 있고 그 뒤에는 바닷가에서 흰 반팔 티셔츠와 반바지를 입은 사내들이 달리기를 하고 있는 영화 포스터의 제목을 우하가 읽었다.

"사랑에 빠지면 누구나 시를 쓰게 되고 세상이 아름다워진다. 시인이 된 우편배달부. 사랑에 빠졌어요! 너무 아파요! 하지만 낫고 싶지 않아요! 일 포스티노!"

푸른 바다와 기암절벽을 배경으로 노년의 남자와 큰 가방을 자전거의 손잡이에 걸어놓은 채 서 있는 청년. 그 포스터에 적혀 있는 광고 문구를 미연이는 마치 배우처럼 읽었다. 우하와 용태가 킥킥거렸다. 미연이가 고개를 갸웃거렸다.

"근데 일 포스티노가 뭐지?"

"삼촌한테 물어보니 이태리 말인데 우리말로 하면 우편배달부래."

"아, 이 남자가 우편배달부구나."

2층으로 올라가는 계단의 벽은 정말이지 만화경이나 다름없었다. 세상의 영화들이 모두 모여 각자의 빛을 뿜어내는 것만 같았다. '중경삼림', '타락천사', '시네마 천국', '노스탤지어', '희생', '나쁜 피', '저수지의 개들', '펄프픽션', '안개 속의 풍경', '천국보다 낯선', '애정만세', '동사서독', '어머니와 아들', '언더그라운드', '아이다호', '매트릭스', '쥘 앤 짐', '원령공주', '장미의 이름', '나라야마 부시코'…… 모두 처음 들어보는 영화 제목들이었는데 포스터만 봐도 호기심이 샘솟을 정도였다. 그러니 각각의 포스터 앞에서 쉽게 걸음을 떼어놓을 수가 없었다. 결국 우하는 한 포스터 앞에서 멈췄다. 얼굴이 발갛게 언 여자아이가 눈물을 흘리고 그 아래에는 눈 덮인 들판에서 말을 끌고 걸어가는 사람들이 자그맣게 보이는 포스터였다. 우하는 포스터에 적혀 있는 광고를 읽었다.

"눈이 내리고 길이 끊어지면 오빠는 취한 말을 끌고 국경을 넘습니다. 눈물 없이는 볼 수 없는 가혹한 동화. 취한 말들을 위한 시간. 야, 이 영화 꼭 보고 싶다. 제목도 너무 맘에 들어."

"여기 걸려 있는 영화들은 주말마다 한 편씩 튼다고 했어.”

“말이 사람처럼 술을 마셔?”

미연이가 끼어들었다.

“소도 막걸리 주면 마시니까 말도 마시지 않을까?”

우하의 답변에 이번엔 용태가 질문을 던졌다.

“소가 막걸리를 마신다고?”

“어, 잘 마셔. 그리고 엄청 많이 마셔.”

“왜 소에게 술을 줘?”

“아마…… 오늘 일하느라 고생했다고, 내일도 부지런히 밭을 갈아달라는 뜻으로 주지 않았을까? 자주 주는 건 아니고 특별한 경우에만 주는 것 같아.”

“저 말들이 모두 술 취한 말들이란 말이지……”

“추위를 이겨내게 하려고 술을 먹이는 것 같아.”

1층에서 2층으로 올라가는 동안에 한 일 년의 세월이 걸린 듯했다. 그렇게 세 친구는 영사실 앞에 도착했다. 영사실 문에도 ‘외부인 출입 금지’라고 팻말이 걸려 있었다. 마침내 극장 안으로 관객들이 들어오는지 소란스러운 소음이 담배 연기처럼 2층으로 꾸역꾸역 피어오르기 시작했다.

“마가리 극장 영사실을 방문한 걸 환영한다!”

용태 삼촌이 미연이와 우하에게 악수를 청했다. 어두컴컴한 영사실은 한여름처럼 후끈거렸다. 우하의 눈을 잡아끌은 건 당연히 영사실 한가운데에 자리 잡고 있는 큼직한 영사기였다. 영사기를 이렇게 가까이에서 보는 것은 처음이었다. 마치 만화 영화의 로봇을 보는 듯했다. 필름을 풀고 감는 둥그런 릴이 아래 위에 있고 그 사이에 씨름선수 같은 몸통이 자리 잡고 있었는데 거기서 난로처럼 열이 뿜어져 나왔다.

"너희 둘은 이쪽에 앉고 용태는 저쪽에 앉아. 영상이 나가는 동안에는 이 앞으로 손 내밀면 절대 안 된다. 알겠지?"

가로로 길쭉한, 유리가 없는 쪽창 앞에 앉은 우하와 미연이는 고개를 끄떡였다. 우하가 여전히 영사기에서 눈을 떼지 못하고 있는 사이 미연이가 물었다.

"이 영환 어느 나라 영화죠?"

"이란 영화야."

"어떤 내용인데요?"

"미리 알면 재미없다. 영활 보면 자연스럽게 알게 되잖아."

"애들 영환 아니죠?"

"그것도 보면 알게 된다."

용태 삼촌은 입술까지 칠한 미연이에게 눈길도 주지 않은 채 필름을 돌릴 준비를 했다. 1층에서 올라오는 온갖 소리들이 붕붕거리며 떠다닐 때 용태 삼촌은 의자에 앉아 벽에 걸린 시계를 보며 사기 컵에다 소주를 부어 단숨에 마셨다. 이윽고 시계의 초침이 오후 1시에 다다르자 자리에서 일어나 스위치를 내렸다. 극장 안이 일시에 어두워졌다. 붉은 알전구에서 흘러나오는 희미한 불빛이 영사실을 비춰주었다. 용태 삼촌이 영사기를 틀자 차르르- 하는 소리와 함께 빛이 화면을 향해 순식간에 달려나갔다. 우하는 영사기 속의 길에서 필름이 달리기를 하듯 돌아나가는 장면을 넋을 놓고 바라보았다. 그리고 눈을 돌려 화면을 보았다. 돌아가는 필름에서 빠져나와 한 뼘 정도의 동그란 렌즈를 거쳐 한달음에 화면으로 달려간 거인들의 모습을. 영사기는 마치 알라딘의 마술램프 같았다.

"대한뉴스는 정말 지겨워! 이거 안 틀면 안 돼요?"
"그랬다간 잡혀간다."
용태 삼촌은 영사기에서 대한뉴스 필름을 빼고 마침내

본 영화의 필름을 걸었다. 우하는 그 과정을 꼼꼼하게 살폈다. 영사기 속을 돌아나가는 필름의 길은 길고 복잡했으나 말할 수 없을 정도로 아름다웠다. 영사기에서 달려나가는 빛을 따라 얼굴을 화면으로 돌리니 영화가 시작되고 있었다. 마가리 극장의 첫 영화가.

허름한 초등학교 교실. 콧수염을 기르고 주변 머리가 없는 남자 선생님이 엄숙한 표정으로 수업을 하고 있다. 아이들의 짧은 뒷머리가 보이고 이어 초롱초롱한 눈들이, 다소 주눅이 든 표정으로 선생님을 바라보고 있다.

"모든 것에는 원칙과 규율이 있다. 내가 물어볼 때까진 절대 입을 열지 마라."

"헉! 어디서 많이 보고 듣던 얘긴데."

미연이가 간섭을 시작했다. 하지만 화면 속의 아이들은 입도 뻥긋 못했다. 우하가 손으로 미연이의 입을 막았다.

"집에 가면 항상 숙제부터 먼저 하고 놀아라."

선생님의 딱딱한 표정과 목소리는 사막의 모래처럼 건조하고 또 무서워서 아이들을 제압하기에 충분했다. 숙제 검사 시간이 돌아왔고 아이들은 책상 위에 공책을 펼쳐놓은 채 선생님이 다가오기를 기다렸다. 제발 무사히 통과했으면 하는 얼굴로. 마침내 주인공 아마드가 앉아 있는 자리로 다가온 선생님. 그러나 아마드가 아니다. 아마드의 짝인 네마자데가 선생님에게 혼이 난다. 공책이 아닌 다른 종이에 숙제를 해왔다는 이유로 네마자데는 선생님에게 혼이 난다. 네마자데는 슬프게 울고 선생님은 말한다.

"두 번까지는 그냥 넘어갈 수 있지만 다음번에 걸리면 세 번이다. 세 번이면 퇴학당할 줄 알아라."

선생님은 네마자데가 숙제해온 종이를 박박 찢어버린다. 네마자데는 더 슬피 울고……

"심하다!"

미연이가 화를 참지 못하고 다시 입을 열었다.

"퇴학은 너무해!"

"그냥 겁주는 거야."

우하가 나지막한 소리로 대답했다.

"겁을 줄 게 따로 있지. 치사하게 저런 걸로 겁을 줘? 저 선생님 해도 너무해."

"야, 우리 초등학교 다닐 땐 뭐 안 그랬냐? 저보다 더하면 더했지 못하진 않았다."

영사기 건너편에서 용태가 중얼거렸다.

"너희들 1층으로 내려갈래, 아니면 여기서 계속 볼래?"

용태 삼촌이 사기 컵에 든 소주를 비우며 세 사람의 목소리를 잠재웠다.

집으로 돌아온 아마드는 쪽마루에 앉아 선생님의 말대로 숙제부터 하려고 가방을 열었는데 거기에 네마자데의 공책이 들어 있다는 것을 비로소 알아차린다. 아마드의 실수로 그 모든 일이 벌어졌던 것이다. 공책을 펼쳐보니 네마자데는 숙제를 해왔던 것이다. 같은 책상을 쓰고 공책이 똑같게 생겼기 때문에 실수로 아마드의 가방으로 들어갔던 것이다. 네마자데는 공책이 보이지 않자 다른 종이에 급하게 숙제를 다시 하고…… 그러나 선생님은 공책에다 하지 않았다는 이유로 네마자데를 혼냈고. 참담한 심정의 아마드는 마당에서 빨래를 하는 엄마에게 그 사실을 알린다.

"엄마, 네마자데의 공책을 실수로 가져왔어요."

엄마는 빨래만 한다.

"엄마? 엄마……"

"쓸데없는 소리 말고 숙제나 하고 놀아."

"논다는 얘기가 아니고요. 네마자데의 공책을 내가 가져왔어요. 숙제는 꼭 공책에다 해야 해요."

"이 녀석아, 할 일 없으면 가서 공부나 해! 네 친구는 벌써 숙제 다 해놓고 놀러 가잖아."

"그게 아니고 내가 네마자데 공책을……"

엄마는 아마드의 학교생활을 잘 모른다. 관심도 없는 듯하다. 아마드의 표정은 점점 어두워진다. 공책이 없기 때문에 네마자데는 내일 또 선생님에게 혼날 것이다. 더군다나 세 번이면 퇴학이라지 않는가. 걱정과 근심이 마당의 빨랫줄에서 물이 뚝뚝 떨어지는 옷처럼 무겁게 아마드의 두 어깨를 누른다. 결국 아마드는 공책을 전해주려고 집을 나선다. 그러나 아마드는 네마자데가 사는 마을만 알 뿐 집의 위치를 정확히 모른다.

"어휴, 애가 좀 답답해. 딱 부러지게 얘기해야지."

미연이가 우하의 귀에 입을 대고 소곤거렸다.

"엄마도 마찬가지야. 자식 일에 관심이 없어. 빨래가 뭐 대단한 일이라고."

우하는 귀가 간지러웠지만 애써 참았다.

아마드는 친구의 공책을 들고 자그마한 산골마을을 빠져나왔다. 다른 마을로 가기 위해서는 숲을 통과해야 한다. 초지 사이로 뚫린 길을 달려야만 한다. 나무들이 없는 민둥산을 넘어야 한다. 그 산으로 올라가는 길은 지그재그로 이어져 있다. 아마드는 오른쪽으로 달리고 다시 방향을 바꿔 왼쪽으로 달린다. 민둥산 위에는 가지가 무성한 나무 한 그루가 서 있다. 거기까지 한달음에 달려갈 수는 없다. 중간에 몇 차례 허리를 숙이고 숨 고르기를 해야 한다. 그럼에도 아마드는 멈추지 않는다. 잠깐 쉬었다가 다시 민둥산을 올라간다. 지그재그로. 민둥산 위엔 뭉게구름이 무심하게 떠 있다. 아마드는 뭉게구름을 향해 달린다. 공책이 없어 숙제를 못 하고 있을 친구를 생각하면 한시라도 빨리 찾아가야 한다. 이란의 가난한 산골마을 아이들. 여유분의 공책 한 권이 없는 아이들. 우하는 아마드의 심정이 되어 민둥산을 달려간다. 공책이 없어 숙제를 하지 못한 채 슬픔에 잠겨 있을 네마자데의 집이 민둥산 바로 너머에 자리 잡고 있기를 바라며……

"있잖아, 저 길, 너희 집 가는 길과 뭔가 비슷해."

용태 삼촌이 잠깐 영사실을 나간 사이 미연이가 이제야 숨통이 트인다는 듯 말문을 열었다. 용태도 인정했다.

"맞아! 나도 계속 그 생각 했어."

"뭐가 비슷해. 내가 보기엔 하나도 안 비슷하구만."

우하는 미연이와 용태의 말에 뜨끔해진 마음을 들키지 않으려고 일부러 덤덤한 말투로 답변을 했다. 때맞춰 용태 삼촌이 대화를 멈추게 해준 것이 고맙기 그지없었다.

"요놈들이 그샐 못 참고 또 떠드네."

민둥산을 넘어 낯선 마을에 도착한 아마드는 네마자데의 집을 찾으려고 이 골목 저 골목을 뛰어다닌다. 송아지가 울며 걸어 나오는 구부러진 골목을 지나고, 골목에서 노는 닭 한 마리를 만나기도 하고, 비슷한 또래에게 길을 묻기도 하고, 아주머니가 떨어뜨린 빨래를 주워주며 다시 묻는다. 하지만 네마자데의 집을 찾을 수 없다. 아마드는 엄마의 심부름 때문에 어쩔 수 없이 자기 마을로 되돌아오고…… 그러다 집 앞에 앉아 있는 할아버지에게 잡힌다. 할아버지는 터무니없는 말을 늘어놓으며 아마드의 급한 사정은 아랑곳하지 않은 채 태연하게 담배 심부름을 시킨다. 아마드는 무료한 할아버지들에게 날아와 앵앵거리는 파리 한 마리 정도에 불과한 것 같다. 아마드는 멍한 얼굴로 할아버지를 바라보다가 담배를 가지러 뛰어간다.

"자네 담배는 여기 있지 않나?"

갈색 모자를 쓴 할아버지가 묻자 까만 모자에 안경을 쓴 아마드의 할아버지가 답한다.

"물론이지. 애들 교육을 위해서야. 어릴 때 우리 아버진이 주일마다 매를 드셨지. 용돈 주는 건 잊어도 때리는 걸잊은 적은 없어. 내가 제대로 큰 건 그 때문이지. 내가 세 번이나 말했어도 안 듣는 저 손자 녀석을 보게. 난 녀석이 제대로 크길 바라네. 사회에 쓸모 있는 사람이 돼야지."

"애가 잘못한 일이 없을 때는 어떻게 할 건가?"

"그땐 이 주일마다 회초리를 들 구실을 찾아야겠지."

1층 객석이 웅성거렸다. 찬반양론이 벌어졌으나 영화가계속되자 이내 수그러들었다.

우여곡절 끝에 아마드는 당나귀를 타고 가는 네마자데의 아버지를 만나 다시 친구가 사는 마을로 향한다. 민둥산 꼭대기에 나무 한 그루 서 있는 그 길을 달려서. 그러나 그는 네마자데의 아버지가 아니다. 네마자데로 보이는 아이를 만났으나 역시 아니다. 알고 보니 그 마을의 아이들 이름 대부분이 네마자데다. 공책을 손에 쥔 아마드는 다시 길을 떠난다. 날은 점점 어두워지고. 그러던 중 아마드는 네마자데를 잘 안다고 하는 할아버지 한 사람을 만나 동행을 하게된다. 그 할아버지에게서 마음이 따뜻해지는 얘기를 듣고 작은 꽃 한 송이도 받는다. 그나마 위안이라면 위안이다. 그러나 그 할아버지가 가르쳐준 집은 아까 찾아갔던 그 집이다. 친구의 집을 끝내 찾지 못한 아마드는 공책을 가지고 터벅터벅 집으로 되돌아온다.

아마드가 저녁을 먹지 않자 엄마가 물었다.

"왜 안 먹어? 어디 아파?"

"안 먹을래요."

"어서 먹어!"

"입맛이 없어요."

"안 먹으면 가져간다."

"가져가세요."

"그럼 어서 자거라."

"숙제해야 해요."

아마드와 엄마의 신경전 비슷한 게 계속 이어지는데 1층에서 관객들의 웃음과 목소리가 하나둘 피어났다. 누군가는 빨리 먹으라고 소리치기도 했다. 또 누군가는 아, 그놈 고집 세네! 하고 탄식을 했다. 아마드는 식구들과 떨어진 방에서 책상도 없이 방바닥에 앉아 허리를 잔뜩 구부린 채 숙제를 한다. 밖에서는 바람이 불고 빨랫줄에 걸린 빨래가 펄럭거린다. 그때 엄마가 간식을 가지고 들어온다.

"이것 좀 먹어. 숙제 다 하면 불 끄고 자고."

그 장면을 본 1층의 관객들이 다시 술렁거렸다. 이런 얘기 저런 얘기가 봄꽃이 피듯 극장을 가득 채웠다. 역시 엄마는 엄마라는 게 중론이었다. 우하와 미연, 용태는 말을 잃은 채 화면만 바라보았다. 용태 삼촌은 사기 컵에 든 소주를 마시고.

다음 날. 친구 네마자데의 숙제까지 모두 마친 아마드는 지각을 했지만 친구와 함께 숙제 검사를 무사히 통과한다. 아마드의 공책에는 전날 할아버지에게서 받은 꽃 한 송이가 곱게 꽂혀 있다. 그리고 영화는 끝이 났다. 극장을 가득 채운 관객들이 치는 박수 소리와 함께. 담배 연기와 함께. 일제히 삐걱거리는 의자 소리와 함께. 필름이 다 돌아간 영사기는 흰 빛만 화면으로 내보냈고 용태 삼촌은 스위치를 올려 극장의 전등을 켰다.

"잘 봤냐?"

세 친구는 고개를 끄떡였다.

"소감이 어떠냐?"

용태 삼촌이 필름을 되감으며 물었다. 영사기에서 빠른

속도로 돌아가는 필름을 우하는 신기한 듯 바라보았다. 미연이가 먼저 입을 열었다.

"애들 영화일 거라 생각했는데 되게 감동적이었어요."

"넌?"

우하는 영사기에서 되감기는 필름에서 눈을 떼지 않고 대답했다.

"아직 잘 모르겠는데 길은 굉장히 인상적이었어요."

"음…… 길이라…… 더 얘기해봐."

"그냥…… 뭐랄까. 구불구불한 그 길이 마치 인생처럼 보였어요.

"멋진 소감이야!"

"저기…… 이층으로 올라오는 계단 옆에 걸어놓은 영화들, 앞으로 계속 상영하는 거 맞아요?"

"맞다. 왜?"

"…… 다 처음 들어보는 영화라서요."

용태 삼촌이 우하의 얼굴을 물끄러미 들여다보았다. 우하는 무얼 잘못 물어본 거는 아닌가 하여 얼굴이 화끈거렸다.

"내가 특별히 허락할 테니 앞으로 너희 셋은 여기 영사실에서 영활 봐라."

"공짜로요?"

미연이가 소리쳤다. 용태 삼촌이 고개를 끄덕였다.

"삼촌, 진짜죠?"

"진짜다. 여긴 미래의 영화를 상영하는 극장이다."

용태 삼촌은 모두 감긴 필름을 필름통에 넣고 대한뉴스 필름을 영사기에 걸었다. 아마 다음 상영을 위한 준비인 것 같았다. 우하는 그 작업 또한 놓치지 않고 꼼꼼히 살폈다. 그러다 문득 궁금증이 또 도졌다.

"저기…… 미래의 영화를 상영한다는 게 무슨 뜻이에 요?"

"…… 나중에, 내 나이쯤 되면 알게 된다."

밤색 사기 컵에 담긴 소주를 마저 비우며 용태 삼촌이 씩 웃었다.

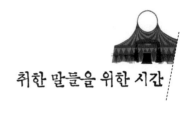

취한 말들을 위한 시간

마가리 극장은 용태의 말대로 주중엔 일반영화를, 주말
엔 예술영화를 상영했다. 모운동에 처음 생긴 극장인지라
호응은 대단했다. 주중에도 거의 매진이 될 때가 많아 입석
으로 들어온 관객들은 통로에 주저앉거나 서서 볼 정도였
다. 탄광 때문에 생겨난 산 중턱 마을 모운동의 새로운 명소
로 빠르게 자리를 잡았다. 낮에는 주로 여자들이 많았고 밤
엔 남자들이 손님의 대부분을 차지했다. 물론 주말엔 남녀
가 골고루 섞여 앉아 예술영화를 보느라 진땀을 흘리고 졸
음을 참고 의자를 삐걱거리느라 바빴다. 극장을 개관한 지
채 2주도 되지 않아 사람들은 만나기만 하면 영화 얘기를
하느라 꽃을 피웠다. 더욱이 영월읍내의 극장에는 아직 들
어오지도 않은 최신 영화들이 상영되고 있어서 영화를 좋

아하는 읍내 사람들이 주말이면 마이크로버스를 타고 찾아올 정도였다. 전과는 완전히 반대되는 현상이었다. 이런저런 일로 뒤숭숭한 시국에 그나마 영화가 있어 위안이 된다며 영화가 시작되기 전에 의자에 앉아 관객들은 소곤거리곤 했다. 우하와 미연이 그리고 용태가 앉아 있는 영사실은 신기하게도 그 모든 소리를 또렷하게 들을 수 있는 곳이었다. 1층의 사람들은 그 사실을 전혀 모르고 있음이 분명했다. 나라를 걱정하는 말들, 새 대통령은 허수아비나 다름없다는 말들, 군인들이 서로 싸우고 있다는 말들, 탄광촌으로 불순세력들이 하나둘 들어오고 있다는 말들, 그럼에도 당신을 사랑한다는 남자들의 말들…… 그러거나 말거나 용태 삼촌은 사기 컵에 소주를 따라 마시며 영사기를 돌릴 준비를 했다. 가능만 하다면 우하는 주말엔 아예 집을 떠나 극장의 영사실에서 살고 싶을 정도였다. 영사실 구석에 스프링이 삐걱거리는 군용침대를 갖다 놓고 사는 용태 삼촌처럼. 용태 삼촌은 그 군용침대에서 주중을 보내고 주말이면 서울에 가서 새 영화의 필름을 가지고 월요일에 돌아온다고 했다. 그 덕분에 세 친구의 아지트는 용태의 집 구석방에서 주말이면 극장의 영사실로 바뀌었다. 영사기를 다루는 용태의 기술도 능숙해져서 우하는 부럽기만 했다. 주말의 용태는 중학생이 아니라 거의 영사기사처럼 보였다.

"니네 삼촌 진짜 뭐 하는 사람이야?"

"무슨 소리야?"

토요일 오후 잔뜩 폼을 잡은 채 영사기에 대한뉴스 필름을 걸었다가 떼어내기를 반복하던 용태가 우하를 돌아보았다. 우하는 가위로 잘라낸 필름 조각들을 백열등에 비춰보며 어떤 영화의 어떤 장면인지를 알아내려 했다. 미연이는 주간지에 얼굴을 박고서 책장을 넘기느라 바빴다. 영화가 첫 상영을 시작하려면 아직 한 시간이나 남아 있었다.

"뭐랄까…… 다른 사람들과는 뭔가가 달라."

"인정!"

미연이가 잡지에서 고개를 들지 않은 채 말만 툭 던졌다.

"…… 사실 나도 가끔 헛갈려. 외계인처럼 보일 때도 있다니까."

"내가 볼 땐…… 꿈속에서 사는 사람 같아."

"몽상가!"

미연이가 용태의 말에 맞장구를 쳤다.

"우리 엄마 말에 의하면 삼촌은 대학 졸업하고 영화 판

쫓아다니다가 망한 사람이라는데. 돈도 꽤 날렸나 봐."

"영화감독이었어?"

"그건 아니고…… 되려고 했다가 그만뒀나 봐."

용태의 얼굴로 어떤 그늘이 스쳐 지나갔다. 삼촌이 진짜 영화감독이었다면 얼마나 좋았을까, 그런 아쉬움이. 경우는 다르지만 우하는 그 기분을 이해할 수 있었다. 아버지가 막장에서 탄을 캐는 광부가 아니라 용태 아버지처럼 광업소의 간부였으면 얼마나 좋을까, 그런 아쉬움과 비슷한 것 같았다. 하지만 다 옛날이야기였다. 아버지인들 왜 간부가 되고 싶지 않았겠는가. 되고 싶었지만 되지 못한 합당한 이유가 여러 가지 있을 것이다. 엄마는 그게 다 팔자소관이라고 했지만 우하가 보기엔 그게 인생이었다.

모운동에 마가리 극장이 생긴 걸 모두 다 반긴 것은 아니었다. 극장에 사람들이 북적거리면 어떤 곳은 파리만 날아다닐 수도 있었다. 술집들이 그 대표적인 경우였다. 요정의 주인들은 낮에 아가씨들과 함께 영화를 보러 와서 영화가 시작되기 전까지 온갖 불평불만을 쏟아놓다가 영화를 모두 본 뒤엔 아무 말 없이 돌아가곤 했다. 극장이 손님을 뺏어갔지만 영화를 안 보면 단골손님들과 대화를 할 수 없기 때문에 부득이하게 보는 거라고 자기들끼리 중얼거리기도 했다. 그러다 슬픈 장면이 나오면 눈물을 훌쩍이고 손수건에 코를 풀기도 하면서. 영사실은 영화만 트는 곳이 아니라 영화를 관람하는 사람들의 은밀한 이야기까지 본의 아니게 들을 수 있는 곳이었다. 영화를 보러 오는 사람들은 그 사실을 모르는 게 분명했다. 관람석 뒤편의 2층에 자리한 영사실은 밖에서 보면 그저 작은 창을 통해 온갖 영상들이 빛을 타고 쏟아져 나오는 곳일 뿐이었다. 그 안에 영사기사를 제외한 다른 누가 있을 것이라는 상상을 하기 힘들뿐더러 1층의 소리가 2층 영사실로 선명하게 전달된다는 것 역시 알아채는 게 쉽지 않았다. 모운동에 처음 생긴 마가리 극장의 영사실은 외부인의 출입을 금하는 방이었기에 그 방의 비밀을 아는 사람은 거의 없었다. 하여튼 술집 주인들의 불평이야 애교에 속했지만 그렇지 않은 불평을 토해내는 사람들이 있었다. 그들은 바로 광부들이었다. 원래 노조원들이 사용하던 광원회관을 아무런 통보 없이 개인이 운영하는 극장으로 바꾼 것을 문제 삼은 거였다. 아버지가 광산 노조에 속해 있었기 때문에 우하로서는 입장이 조금 난처해질 수밖에 없었다. 노조와 회사 측이 며칠 동안 팽팽하게 힘을 겨루다가 다행히 타협안이 나와서 우하는 한시름 놓을 수 있었다. 회사 측이 광업소 옆에 그동안 줄곧 노조가 요구했던 목욕탕을 지어주고 거기에다가 광원 가족은 극장 요금의 30퍼센트를 할인해 주기로 합의한 것이다. 광원회관은 목욕탕 건물의 여유 공간을 사용하기로 하고. 일을 마치고 집에 돌아온 아버지는 그 합의 사항에 대해 이렇게 평했다. 예전 같으면 말도 못 꺼냈을 요구 사항이, 말을 꺼내도 곧바로 묵살되었을 요구 사항이 군부독재가 끝나고 세상이 좋아진 덕분에 이루어졌다고. 예전 같았으면 요구 사항을 꺼내놓은 노조위원장이 아무도 모르게 끌려가 고초를 받았을 텐데 이제는 정말 다른 세상이 되었다고 담담하게 말했다. 하지만 결과를 놓고 볼 때 장거리에 있던 광원회관이 극장에 밀려난 것은 안타까운 일이라고 아쉬움을 감추지 않았다. 우하는 아버지의 말에 고개는 끄덕였지만 그래도 극장이 문을 닫지 않고 영화를 계속해서 볼 수 있다는 사실이 더 기쁜 건 어찌할 수 없었다.

"'취한 말들을 위한 시간'. 이 영화는 어떤 영활까?"

미연이가 주간지를 던져놓고 영사실 벽에 붙여놓은 포스터를 들여다보았다. 볼이 발갛게 얼은 여자아이가 볼에 눈물방울을 매달고 있는 포스터를. 짝 달라붙는 청바지를 입은 미연이의 엉덩이를 용태가 슬쩍 훔쳐보며 입을 열었다.

"포스터만 봐도 슬픈 영화라고 딱 감이 오잖아."

"오빠가 취한 말을 끌고 국경을 넘는다…… 저렇게 많은 눈이 쌓인 국경을. 왜?"

"그걸 내가 어떻게 아냐. 영활 봐야 알지."

"용태야, 우리 십 분만 먼저 보면 안 될까?"

"…… 안 돼. 그러다 혹시라도 영사기에 뭔가 탈이 나면 문제가 커져. 예정된 영활 틀지 못하면 난리 나는 거야."

"용태, 니 많이 약해졌다!"

"삼촌이 서울 가면서 말하더라. 미연이 니 꾐에만 안 넘어가면 된다고."

"니네 삼촌이 그렇게 말했다고?"

미연이의 얼굴이 금세 붉으락푸르락해졌다. 포스터 앞에서 맴돌며 생각을 거듭하다가 정색을 하고 입을 열었다.

"내가 나중에 니 삼촌을 구제해주려고 했는데 방금 생각을 바꿨다."

"뭘 구제해?"

"니는 아직 어리니 몰라도 된다."

"우하야, 쟤가 지금 뭐라고 하는 거냐?"

"내가 해석한 바에 의하면…… 미연이가 나중에 니네 노총각 삼촌과 결혼하려고 마음먹었는데 방금 그 얘길 듣고 포기했다는 거 같은데."

"맙소사!"

"결혼이 아니라 구제해주는 거야. 내가 보기엔 니네 삼촌이랑 결혼할 여자 없어. 나나 되니 해주겠다는 거지."

"야, 미연이답다!"

용태 삼촌은 우하가 보기에도 어딘가 독특했다. 뭐라고 해야 할까. 영사실에선 늘 술이 담긴 사기 컵을 손에 달고 사는 사람이었다. 마치 보리차를 마시듯 술을 마셨다. 안주라곤 잣 알갱이 몇 개를 입에 넣는 게 전부였다. 사기 컵을 들지 않을 땐 담배가 그 자리를 대신했다. 용태가 수시로 재떨이를 비우지만 이내 수북하게 다시 쌓이곤 했다. 영사기 옆에 걸터앉아 화면을 지그시 바라보는 눈빛은 꼭 구름 위에서 노는 사람 같았다. 구름 위에 올라가본 적은 없지만 하여튼 용태 삼촌은 다른 세상에서 사는 사람 같았다. 비록 몸은 마가리 극장의 영사실에 머무르고 있지만. 그런 용태 삼촌의 행동거지가 미연이의 매서운 눈에 포착되지 않을 리가 없었다. 영화를 보다가 조금이라도 지루하다 싶으면 이내 용태 삼촌을 빤히 쳐다보는 게 미연이의 일이었다. 그러니 우하가 보기에도 용태가 전해준 용태 삼촌의 말에 미연이가 분개할 수밖에 없었다.

"극장 문 열었나 보다."

우하는 극장으로 밀려드는 사람들의 발자국 소리를 듣고 1층을 내려다보았다. 극장 안으로 떠밀리듯 들어온 사람들이 좋은 자리를 찾아가느라 야단법석이었다. 좋은 자리를 놓고 말싸움을 하기도 하고 어떤 아줌마는 맡아놓은 자리마다 담요를 줄줄이 올려놓고 다른 사람들의 접근을 막느라 바빴다. 그 행위는 무효라며 자리를 요구하는 사람들의 목소리가 왕왕 부딪치고 울리는 극장 안은 거의 장거리나 마찬가지였다. 자욱한 먼지가 천장으로 피어오르고 있었다. 거짓말을 좀 보탠다면 막장에서 탄을 캐는 광부들을 빼곤 모운동 사람들이 모두 극장으로 몰려온 것만 같았다. 우하와 미연 그리고 용태는 이층 영사실에서 통로와 바닥까지 입추의 여지도 없이 빼곡하게 들어찬 관객들의 뒤통수를 내려다보며 벌어진 입을 다물지 못했다.

"오늘 극장이 생긴 이래 가장 많은 사람들이 온 거 같다!"

용태의 목소리가 떨렸다.

"영사기 돌리다 사고 나면 어쩌지?"

"무슨 사고?"

"필름이라도 끊어지면 큰일이잖아."

"삼촌한테 잇는 법 배웠다면서?"

"배웠는데…… 떨리네."

"긴장되면 니네 삼촌이 마시던 소주 한 컵 마셔. 그럼 괜찮아질 거야."

"야, 그게 말이 되냐!"

"용태야, 저 애는 취한 말을 끌고 눈 덮인 국경을 넘는다잖아. 저거에 비하면 아무것도 아냐."

미연이가 용태의 어깨를 두드려주었다. 용태가 벽에 걸린 시계를 보며 심호흡을 했다. 상영이 시작되기까지는 십 분 정도 남아 있었다. 극장의 소음도 점점 가라앉았다. 그때 일층에서 누군가 소리쳤다.

"이게 뭔 냄새야! 똥 냄새잖아!"

"맞아! 아까부터 이게 뭔 냄새나 했어. 누가 극장에서 똥 싼 거 아냐."

"어이, 기도[1], 여기 좀 와봐! 똥 냄새 맡으며 영활 어떻게 보란 말이야!"

소란이 벌어진 곳은 극장 중간의 화장실로 통하는 문 근처였다. 웅성거림이 점점 커지자 마침내 검표를 담당하는 문지기 형이 다리를 절뚝이며 사람들 틈을 비집고 문제의 장소로 다가가 상황을 파악하기 시작했다. 자리를 차지하지 못한 벽 쪽의 사람들은 통로에 앉거나 대부분 서서 영화를 관람해야 하기 때문에 여러모로 불편한 게 많았다. 그런데 똥 냄새까지 풍긴다니. 우하는 창에 턱을 괴고 일이 어떻게 진행되는지를 살폈다. 상황이 빨리 정리되지 않으면 상영 시간을 지키지 못할 수도 있었다. 똥 냄새라니. 정말 누가 극장 안에서 똥을 쌌단 말인가. 문지기 형은 빼곡하게 들어선 사람들 사이를 힘겹게 이동하며 살피다가 버럭 고함을 내질렀다.

"너 이놈의 새끼!"

문지기 형의 목소리에 극장이 잠잠해졌다. 초등학교 고학년으로 보이는 아이가 고개를 푹 수그린 채 극장 벽에 기대 서 있었고 주변 사람들은 코를 막고서 슬금슬금 뒤로 물러났다.

---

1) 일본어. 극장이나 유흥업소 등의 출입구, 또는 그곳을 지키는 사람, '문지기'로 순화

"너 표 안 끊고 변소 똥통으로 몰래 들어왔지?"

"똥통?"

"세상에나!"

"뉘 집 애야?"

"얼마나 영화가 보고 싶었으면!"

"똥통으로 어떻게 들어와?"

여기저기서 봄날 목련이 피어나듯 사람들이 한 마디씩 꺼내놓았다.

"재밌는 영환 같이 봐야지, 왜 돈 있는 사람들만 봐요!"

아이가 소리쳤다. 그리고 울음을 터뜨렸다. 문지기 형이 서럽게 우는 아이를 끌고 옆문을 통해 밖으로 나갔다. 아이가 서 있던 자리는 원형탈모가 온 것처럼 채워지지 않고 텅 비어 있었다.

매표소 누나가 아이가 서 있던 자리를 밀대로 청소하고 나가자 기다렸다는 듯 극장 천장에 매달려 있던 백열등이 일제히 꺼졌다. 사람들의 입에서 피어나던 소음들은 지는 목련처럼 어둠 속으로 가라앉았다.

열두 살 아읍은 눈 속에 쓰러진 노새의 뺨을 때린다. 안간 힘을 다해 고삐를 잡아끈다. 취한 노새가 잠들면 얼어 죽기 때문이다. 국경을 지키는 수비대의 총소리가 들린다. 어서 빨리 노새를 일으켜 세워 국경을 넘어야 한다. 국경을 넘어가 노새를 팔고 그 돈으로 형 마디를 수술시켜야 하기 때문이다. 아읍이 노새를 끌어당기며 울부짖는다. 제발 일어나라고…… 마침내 아읍은 술 취한 노새를 간신히 일으켜 세운다. 함께 밀수를 떠났던 사람들은 모두 되돌아간 지 오래다. 아읍은 몸이 아픈 마디를 업은 채 노새를 끌고 홀로 폭설이 쌓인 국경의 윤형철조망을 향해 다가간다.

그리고 영화는 끝이 났다.

아읍은 과연 어디까지 갈 수 있을까.

갔다가 동생 아마네가 기다리는 집으로 무사히 돌아올 수 있을까……

"용태야, 영화 잘 봤어. 나는 집에 일이 있어 먼저 갈게. 미연이 넌 더 있을 거지?"

"응. 난 한 번 더 볼 거야. 화면 보느라 글자를 못 읽었어."

"야, 같이 있어야지. 나 아직도 필름 끊어질까 봐 불안하단 말이야."

계단을 내려온 우하는 들어갈 때와는 다르게 느긋하게

빠져나가는 사람들 사이에 섞여 극장을 빠져나왔다. 여자들은 대부분 영화를 보다 줄곧 울었는지 눈이 토끼 눈처럼 새빨갛게 변해 있었다. 극장 밖은 환한 겨울 오후였다. 우하는 마당에 서서 마가리 극장을 올려다보았다. 모운동의 마가리 극장은 영월읍내의 극장과 달리 영화의 포스터를 그린 대형 간판이 걸려 있지 않았다. 용태 삼촌의 얘기론 보통 가난한 극장에서는 영화 간판을 그리는 간판장이가 영사기까지 같이 돌린다고 한다. 영사기는 배우면 누구나 돌릴 수 있지만 간판은 그림을 배운 사람만 그릴 수 있기 때문이었다. 서울의 유명한 극장들은 간판장이를 따로 두고 있지만 나머지 극장들은 그럴 여력이 없기 때문에 그림 실력도 없는 사람을 고용해 영사기까지 맡기는데 그것마저 안 되면 아예 간판을 걸지 않는다고 했다. 우하는 극장 마당을 떠나 집으로 가는 지름길이 있는 마가리 극장의 뒤편으로 돌아갔다.

"야, 지독한 놈이네!"

극장의 쪽문 옆에서 문지기 형이 똥통을 들여다보며 중얼거렸다. 우하가 가까이 갔다. 아까 그 애에 대해 말하는 게 분명했다.

"왜 그러는데요?"

"봐라. 기가 차서 말이 안 나온다."

문지기 형이 우하에게 극장 건물 밖으로 돌출된 변소의 똥통 안을 가리켰다. 나무로 만든 똥통의 문은 열려 있었다. 우하는 엄지와 검지를 빨래집게처럼 사용해 코를 막은 뒤 안을 들여다보았다. 똥 위에 놓인 좁은 널빤지는 흙탕물이 범람하는 외나무다리처럼 위태로워 보였다. 똥통으로 들어간 아이는 출렁거리는 외나무다리를 건너 천장의 변기 구멍으로 빠져나와 극장에 진입했던 거였다. 그 와중에 약간의 똥이 옷이나 신발에 묻어 냄새가 피어나자 결국 붙잡혔고. 오직 영화를 보기 위해서 벌어진 일이었다. 돈이 없으니 표를 끊고 극장의 출입문으로 들어가지는 못하고. '취한 말들을 위한 시간'이란 영화를 보기 위해서 벌어진 일이었다. 우하는 왠지 슬퍼졌다.

"걔, 어떻게 됐어요?"

"그놈의 새끼, 불쌍해서 그냥 보냈다."

"그 애 집이 어디래요?"

"저 아래 숯 굽는 골짜기에서 왔다더라. 참, 이번 영화는 어땠어?"

"······ 사는 게 참 힘들구나, 그런 생각이 드는 영화였어요."

"쪼끄만 게 뭘 안다고 사는 게 힘들어!"

"형, 저도 이제 중 삼이에요."

"어른 되려면 아직 멀었어. 그나저나 이걸 어떻게 꺼낸다?"

문지기 형은 담배 연기를 연신 코로 뿜어내며 갈퀴를 이용해 본격적으로 똥통의 똥 위에 놓인 널빤지를 꺼낼 준비를 하고 있었다. 우하는 극장 뒤편 연애바위로 이어진 시멘트 계단을 하나씩 올라갔다. 문지기 형은 탄을 캐다 광차(鑛車)에 부딪혀 다리를 다쳤다. 그 뒤부터 집에서 나오지 않고 술만 마시다가 이번에 극장이 생기면서 비로소 집 밖으로 나왔다고 했다. 용태 아버지가 불러낸 거였다. 우하는 마치 산꼭대기로 이어진 듯한 계단을 올려다보며 잠시 걸음을 멈췄다. 저 멀리 눈보라 치는 국경을 향해 형 마디를 업은 채 노새를 끌고 넘어가는 아웁의 모습이 보였다. 아웁은 우하와 덩치는 비슷했지만 훨씬 어른처럼 보였다.

연애바위를 지나 삼거리에 도착한 우하는 집과는 정반대 방향으로 길을 정했다. 망경대산 중턱을 오른쪽으로 돌아

집으로 가는 가장 먼 길을 택하고 나니 비로소 마음이 조금 편안해졌다. 우하는 흘러내린 석탄과 눈으로 뒤죽박죽이 된 길의 가장자리를 따라 걸었다. 망경대산 중턱의 남쪽은 모운동, 동북쪽은 광업소, 서쪽은 우하가 사는 예밀리였다. 광업소 가는 길은 어느 길보다 험했다. 좁은 길을 수시로 트럭들이 드나들었는데 한쪽은 산비탈이고 다른 한쪽은 거의 절벽이었다. 우하는 노새의 옆구리에 커다란 타이어 두 개를 매달고 국경을 넘는 아웁을 떠올리며 길을 걸었다. 트럭의 짐칸에 탄 아이들이 눈 덮인 산을 넘으면서 노래를 부른다. 반복되는 가사의 노래를. 밀수를 하다 지뢰를 밟아 죽었다는 아웁의 아버지. 막내를 낳고 죽은 엄마. 아픈 형 마디. 새 공책 한 권이 없는 여동생 아마네. 노새 한 마리에 팔려 시집을 가는 누나. 졸지에 소년 가장이 되어 밀수에 뛰어든 아웁…… 마을 사람들은 국경수비대에 밀수를 들키지 않으려 말과 노새를 끌고 더 높은 산으로 올라간다. 그곳은 폭설로 뒤덮여 있다. 밀수품을 짊어진 말이 추위에 얼어 죽지 않게 하려면 독한 술을 먹여야 한다. 말이 아니면 그 무거운 타이어를 사람이 짊어지고 눈 덮인 산을 올라가야 할 것이다. 기관총 소리, 금방이라도 눈보라를 일으키며 터질 것만

같은 지뢰…… 왜 저렇게 위험한 밀수를 하는 거지? 돈을
많이 벌려고? 미연이의 질문은 이내 힘을 잃고 만다. 국경
근처에 자리한 저 마을은, 마을 사람들은 밀수가 아니면 살
아갈 방법이 없는 것이다. 밀수를 해야만 하루하루를 살아
갈 수 있는 사람들. 심지어 아이들도 학교에 가지 못하고 시
장 바닥에서 물건을 나르거나 밀수에 뛰어들어야 하니……
우하는 빵빵거리는 트럭을 피해 운탄로 바로 옆 벼랑 끝에
서서 저 아래 골짜기까지 까마득하게 펼쳐진 살벌한 겨울
풍경을 바라보았다. 언젠가 갱목을 가득 실은 트럭이 절벽
아래로 떨어진 적도 있었다. 험준한 산 중턱에서 탄맥이 발
견되고 탄광이 들어서다 보니 모든 상황이 열악해서 벌어
진 일이라고 아버지는 설명해주었다. 길이 날 수 없는 곳에
길을 냈고 마을이 들어서기 어려운 장소에 마을이 억지로
생겨났다. 경사가 심한 산비탈에 판잣집들이 다닥다닥 들
어선 모운동이 그랬다. 모운동을 중심으로 만경대산 중턱
에 사는 사람들이 자그마치 1만 명이나 된다는 게 말이 되
는 소리냐고 아버지는 목소리를 높였다. 하지만 그나마 바
깥은 양호한 상태였다. 탄맥을 따라 끝없이 이어지는 땅속
의 어지러운 갱도는 심각한 정도를 훨씬 넘어선 지 오래라

고 했다. 왜 그렇게 된 거냐고 우하가 묻자 아버지는 간단하
게 설명해주었다. 다 돈 때문이라고. 위험을 무릅쓸수록 더
많은 돈을 벌 수 있기 때문이라고. 그래서 사람들이 이 산꼭
대기로 꾸역꾸역 올라오는 거라고.

　우하는 탄광의 갱도가 무너지지 않게 버텨주는 갱목을
만드는 작업장 앞에 멈춰 서서 목수들이 통나무를 자르고
망치질하는 모습을 바라보았다. 작업장 앞마당에는 통나무
들이 지붕보다 더 높이 쌓여 있었다. 인부들은 어깨에 통나
무를 지고 작업장으로 들어갔다가 나올 때는 반듯하게 다
듬은 갱목을 지고 나와 광차에 실었다. 아버지는 목수가 아
니라 그곳에서 일하지는 않았다. 목수 일은 탄을 캐는 일보
다는 안전하지만 대신 보수가 적다. 우하는 다시 걸음을 재
촉했다. 길은 여전히 검은 진흙탕이었다. 진흙탕에 신발이
빠지지 않게 하려고 레일 위로 올라섰다. 헐벗은 산은 눈에
덮여 있었기에 산자락을 돌아가는 검은 운탄로만 유독 뚜
렷하게 보였다. 레일 위에서 떨어지지 않고 걷는 건 그동안
의 연습 때문에 몹시 쉬웠다. 비결이 있다. 그것은 바로 자
신이 레일 위에서 걷고 있다는 생각을 하지 않는 것이다. 우
하는 두 팔을 벌린 채 레일 위를 걸으며 아옵을 생각했다.

아읍은 열두 살밖에 되지 않았지만 자신이 집안의 어엿한 가장이라고 여겼다. 여동생 아마네가 공부하는 학교로 찾아가 새 공책을 전해준다. 가장으로서의 역할을 제대로 하려고 어른들처럼 밀수의 대열에 참여해 등짐을 지고 국경을 넘나든다. 수술을 해도 완치될 가망이 없다는 아픈 형의 수술비를 마련하려고 밀수를 해서 돈을 벌고 있다. 하지만 누나가 먼저 선택을 한다. 신랑 측에서 아픈 형 마디를 수술시켜주겠다는 조건을 걸고 결혼을 하기로. 아읍은 누나에게 화를 낸다. 내가 이 집의 가장이라고, 형은 내가 돈을 벌어 수술시키겠다고. 그러나…… 아읍은 아픈 형 마디를 데리고 누나가 시집가는 날 멀리 언덕 위에서 소리친다. 하지만 노새를 타고 시집가는 누나에게 멀리서 부르는 아읍의 목소리는 들리지 않는다. 아읍은 뒤늦게 누나를 배웅하려고 언덕길을 달려간다. 신부 측 사람들과 신랑 측 사람들은 양쪽 마을의 경계에서 서로 만난다. 신부를 보내는 자리였다. 그런데…… 겉으로나마 흥겹던 자리가 갑자기 소란스러워진다. 나이 든 여자의 목소리가 높아지더니 누나 로진이 형 마디를 안고 뛰쳐나온다! 멀찌감치 서서 그 모습을 바라보던 아읍에게로. 신랑 엄마가 아픈 형 마디를 데려가지 않겠다고 돌연 입장을 바꾼 것이다. 고갯마루에서 실랑이를 벌이는 양측 사람들. 결국 마디를 데려가 수술을 시키는 대신 노새 한 마리가 주어진다. 그러니까…… 아홉의 누나 로진은 마디의 수술비로 노새 한 마리를 받고 팔려가는 거나 마찬가지다. 우하는 레일 위에 서서 긴 한숨을 토해냈다.

우하가 발을 딛고 있는 레일은 검은 입을 벌리고 있는 갱도 속으로 이어져 있었다. 그곳은 아버지가 일하는 땅속 깊은 막장으로 들어가는 갱도의 입구였다. 우하는 한 번도 갱도에 들어가본 적이 없었다. 아버지를 비롯해 다른 많은 사람들로부터 무수한 이야기만 들었을 뿐이었다. 언제 무너질지 모르고, 어디서 유독가스가 새어 나오거나 지하수가 터져 물바다로 변할지 알 수 없다는 굴속의 이야기를. 전기가 나가면 그야말로 암흑천지가 된다는 깊고 깊은 막장의 이야기를. 그러나 겉으로 보기엔 너무 한가하게 입을 벌리고 있는 갱도의 입구를 우하는 말없이 바라만 보았다. 레일 위에서 떨어지지 않으려 애를 쓰며. 아버지는 술만 마시면 늘 말했다. 남의 밭을 빌려 아무리 농사를 지어봐야 너희 둘을 대학까지 보낼 수 없다고. 더 많은 돈을 벌어야만 우리 가족이 행복할 수 있다고. 가진 것이 없고 배운 것이 없기 때문에 아버지가 할 수 있는 건 땅속에 들어가 탄을 캐는 일뿐이라고. 너희들은 공부만 하면 된다고. 우하는 갱도 속으로 들어가 아버지가 막장에서 탄을 캐고 있는 곳으로 걸어서라도 가보고 싶었다. 그러나…… 그곳은 아무나 들어갈 수 있는 곳이 아니었다.

언덕을 올라가는 우하는 조심스럽게 한 발 한 발을 내디뎠다. 세게 내디디면 땅속의 갱도가 무너질지도 모른다는 생각이 불현듯 들었기 때문이었다. 그렇다면 큰일이었다. 갱도가 무너지면 막장에서 일하는 많은 광부들이 밖으로 나올 수가 없었다. 그동안 아무렇게나, 아무 생각 없이 걸었던 게 후회가 됐다. 물론 실제로 그렇게 될 리야 없겠지만 그래도 아무렇게나 걸으면 안 된다는 생각은 머릿속에서 떠나지 않았다. 아버지와 엄마 없이 살아가는 아욥 형제들의 슬픔 역시 머릿속에서 사라지지 않았다. 아욥은 어떻게 될까? 소원했던 대로 노새를 팔아 아픈 형 마디를 수술시킬 수가 있을까? 세상에! 수술을 해도 반 년 정도만 더 살 수 있고 수술을 하지 않으면 한 달 안에 죽는다고 했다. 그럼에도 아욥의 마음은 결코 흔들리지 않는다. 등에 형을 업은 채 노새를 끌고 눈 덮인 국경을 몰래 넘어간다. 여동생 아마네

가 양쪽 볼에다 해준 따스한 입맞춤을 기억하며…… 우하
는 눈 덮인 고갯마루에 서서 저 아래 지붕만 보이는 자그마
한 집을 오래 바라보았다.

"인생이라는 놈은 나를 산과 계곡으로 떠돌게 하고, 또한
나이 들게 하면서 저승으로 이끄네."

연애바위에 앉은 미연이가 종이에 적어놓은 것을 다소 비
장한 목소리로 읽어주었다. 우하와 용태는 눈만 멀뚱거렸다.

"이게 어디서 나왔는지 알아?"

"…… 분명히 어디서 들었는데."

우하가 짧은 머리를 벅벅 긁어댔다. 용태 역시 마찬가지
였다.

"영화에서 트럭에 탄 아이들이 함께 부르던 노래야. 아이
들이 어떻게 이런 노랠 부를 수 있을까……"

우하는 미연이가 건네준 종이를 들여다보았다.

술 취한 말들이 아이들을 태운 채 비틀비틀 눈 덮인 국경
을 넘어가고 있었다.

"아욥은 어떻게 됐을까?"

미연이가 물었지만 아무도 답을 하지 않았다.

동사서독

"각자 기억에 많이 남은 영화에 대한 소감을 말해봐."

모처럼 주말에 서울에 가지 않은 용태 삼촌이 사기 컵에 담긴 소주를 한 모금 마신 뒤 잣알을 씹으며 세 사람에게 지난 한 달 동안 본 영화 얘기를 꺼냈다. 우하에게 있어 그 한 달은 거의 꿈같은 날들이었다. 물론 그건 미연이나 용태도 다르지 않을 거였다. 한 달 동안 마가리 극장에서 보았던 영화들은 세상을 보는 생각마저 뒤바꿔놓은 듯했다. 마치 갑자기 어른이 된 것 같은 기분도 들었다. 용태 삼촌은 중고등학생이 볼 수 없는 영화도 영사실에서 몰래 보게 해주었다. 좋은 영화는 그래도 된다고 했다. 대신 어른들이 걱정할 수 있으니 집에 가서 말하지 않는다는 조건을 달았다. 물론 우하는 그 약속을 지켰다. 그런 영화를 본 날이면 혼자서 오

래 생각에 잠겼다. 어서 빨리 대학생이 되고 싶다는 생각이
불쑥불쑥 튀어나왔다. 대학생이 되면 근사할 것 같았다. 미
팅을 하고, 생맥주를 마시고, 친구들과 함께 캠퍼스를 거닐
고, 애인을 사귀고, 세상에 대해 고민하고…… 그러나 그러
려면 아직도 4년의 시간이 더 흘러가야만 했다. 시간이 너
무 더디게 흘러가는 것 같아 할 수만 있다면 시계바늘을 지
금보다 백 배나 빠르게 미래로 돌리고 싶었다. 그러나……
그러면…… 아버지와 엄마의 나이도 지금보다 더 든다는
생각에까지 다다르자 그저 긴 한숨만 토해놓을 수밖에 없
었다.

"세상에 그렇게 지루한 영화는 처음이었어요!"

미연이가 먼저 입을 열었다. 우하는 무슨 영화를 얘기하
는지 알 것 같았다.

"'어머니와 아들'?"

"응. 졸음이 오는 걸 억지로 참으며 봤어요. 나만 졸린 건
가 싶어서 1층을 내려다보니 한 반은 졸고 있더라고요. 왜
영화를 그렇게 지루하게 만들어요?"

미연이가 용태 삼촌의 얼굴을 바라보았다. 용태 삼촌은
잣 몇 알을 입안에 넣고 천천히 씹으며 무엇인가를 곰곰이

생각하는 듯했다. 영사기가 가운데에 놓여 있는 마가리 극장의 영사실은 세상의 모든 영화들을 통제하는 관제탑처럼 느껴졌다. 우하는 그 관제탑의 수장인 용태 삼촌의 입에서 '어머니와 아들'을 놓고 어떤 말이 흘러나올지 궁금했다. 매우 아름다운 화면이 느리게 펼쳐지는 그 영화는 미연이의 말대로 지루하긴 했는데 그것으로만 판단해버리기엔 아쉬웠다. 뭔가 숨겨진 다른 게 있는 것 같은데 그게 뭔지 알 수 없었다. 외딴 시골에서 병든 엄마를 간호하면서 사는 아들이 나오는 영화였는데 대화는 거의 없고 막막한 풍경만 끝없이 펼쳐졌다. 아주 멀리서 벌판을 지나가는 기차, 바람에 흔들리는 초원의 풀들, 풀들 사이로 이어진 흙길……

"인생이란 게 말이다. 대단히 지루할 때가 있어…… 그 풍경을 보여주려는 게 아닐까 싶은데."

용태 삼촌이 책을 읽듯이 중얼거리자 잣 냄새가 피어났다.

"영화까지 지루할 필욘 없잖아요."

"그건 미연이 네 입장이고…… 저 영화를 만든 감독은 다른 생각이 있는 모양이지."

"지루한 영활 누가 봐요?"

"…… 지루한 걸 좋아하는 사람들이 보겠지."

"그걸 좋아하는 사람이 어디 있어요? 그럼 영화가 망하잖아요."

"망해도 상관없다고 생각했을 거야. 아니…… 망했다고 생각 안 할 거야. 단 한 사람만이라도 좋아한다면. 그게 그 영화를 만든 감독의 철학일 거야. 아마도……"

"하여튼 무지 지루했어요. 그런데…… 분명 내가 싫어하는 영환데 왠지 가끔 생각이 나서 우울해요. 그 까닭을 모르겠어요."

용태 삼촌이 사기 컵을 내려놓고 잣을 씹으며 고개를 끄덕거렸다.

"…… 차차 알게 되겠지. 그래, 용태 넌?"

용태는 용태 삼촌이 술병을 감춰놓은, 조금 열린 책상 서랍을 물끄러미 바라보았다. 용태 삼촌이 손등으로 용태의 머리를 톡톡 쳤다.

"너희들 내가 없을 때 여기에 손을 대는 순간 영사실에서 쫓겨난다."

"우린 아직 술 안 마셔, 삼촌!"

"아직?"

"마실 때 되면 마셔야지. 안 그래?"

우하와 미연이는 동시에 고개를 끄덕거렸다. 용태 삼촌이 황당하다는 듯 끅끅 웃었다. 우하는 오후에 상영할 영화의 필름이 들어 있는 통과 벽에 붙여놓은 포스터를 슬쩍 훔쳐보았다. '동사서독(東邪西毒)'. 모래언덕에 칼이 든 칼집을 꽂은 채 서 있는 긴 머리의 사내, 파란 하늘과 흰 구름 그리고 서로 다른 표정을 지은 채 어딘가를 바라보거나 생각에 잠겨 있는 듯한 얼굴의 남자와 여자들. 왠지 가슴을 두근거리게 하는 무협영화의 포스터였다. 한시라도 빨리 영화를 보고 싶게 만드는 포스터였다. 그동안 보아왔던 다른 어떤 포스터보다도. 그러나 시간은 우하의 소원대로 재빨리 움직이지 않았다. 오히려 평소보다 더 게으르게 걸음을 옮기는 것 같았다. 그 사이 흰소리를 늘어놓던 용태가 미연이에 이어 영화 이야기를 꺼냈다.

"나는 원래 액션영화를 좋아하는데, 이번에는 '내 친구의 집은 어디인가'가 자꾸 떠올라, 삼촌. 사춘기라서 그런가."

"좋을 때다."

"아냐, 나도 미연이처럼 왠지 모르게 우울해."

"야, 따라 하지 마라!"

"영화 얘길 해봐."

용태 삼촌이 다시 사기 컵에 든 술을 조금 비우고 손바닥에 올려놓은 잣을 입속에 털어 넣었다. 우하가 보기에 잣을 저렇게 맛있게 먹는 사람은 용태 삼촌이 처음이었다. 용태는 영사실의 작은 창 너머 아무것도 담긴 게 없는, 마가리 극장의 빈 화면을 물끄러미 바라보더니 입을 열었다.

"우선…… 친구 공책을 갖다주려는 아마드를 가로막는 어른들이 싫었어요. 이런저런 이유를 대는데 제가 보기엔 어른들의 횡포처럼 보였어요. 얘들은 무조건 어른들 말을 들어야 된다고 강요하잖아요. 공책에 숙제를 안 해 왔다고 야단치는 학교 선생님도 똑같아요. 어떻게 퇴학을 시킨다고 협박을 해요? 그리고…… 아마드가 친구의 집을 찾아가던 중에 넘었던 그 고갯길이 잊어지지 않아요. 헐벗은 산에 지그재그로 뚫린 길을 뛰어서 올라가는 아마드를 보면서 답답해 미치는 줄 알았어요. 안타깝기도 하고……"

"…… 답답한 건 뭐고 안타까운 건 또 뭐지?"

"…… 예?"

용태가 우하를 쳐다보고 미연이를 쳐다보고 마지막으로 용태 삼촌을 바라보았으나 아무도 입을 여는 사람은 없었다. 용태의 시선은 텅 빈 화면으로 이동했다. 친구 네마자데의 집을 찾아가는 아마드가 올라가는 지그재그의 고갯길이 화면에 다시 비춰지길 바라는 눈빛으로. 하지만 불 꺼진 극장의 화면은 침묵만 지킬 뿐이었다. 용태 삼촌은 천천히 잣알만 씹었다. 우하와 미연이도 지그재그로 이어진 고갯길을 올라가는 용태의 입이 열리길 묵묵히 기다리며 하품을 했다. 평소의 용태답지 않게 무게를 잡는 행동에 의아해하며.

"그러니까……"

이윽고 용태가 그늘이 고여 있는 화면에서 눈을 떼지 않고 입을 열었다.

"좀 힘이 들더라도 길을 벗어나 직선으로 올라가면 더 빨리 산을 넘을 수 있을 텐데, 고지식하게 그 길을 계속 따라가서 답답했고…… 안타까운 생각이 들었던 건, 저 마을에선 어린 아마드가 할 수 있는 일이 별로 없구나, 어른들이 만들어놓은 규칙에서 벗어나면 안 되는구나. 마치…… 내 어린 시절을 보는 것 같았어요."

용태가 좀 창피하다는 듯 화면에서 얼굴을 돌렸다. 용태 삼촌이 고개를 끄덕거렸다.

"영화평론가 해도 되겠다!"

"예?"

"자자, 그럼 마지막으로 우하는?"

모운동에 마가리 극장이 생긴 지 한 달 동안 우하는 모든 영화를 영사실에서 공짜로 보았다. 마가리 극장은 한국 영화 한 편을 주중 내내 상영했고 주말 이틀은 외국 영화 한 편이 화면을 차지했다. 그러니까 일주일에 두 편의 영화를 상영했으니 모두 여덟 편의 영화를 본 것이다. 한국 영화는 '바보들의 행진', '별들의 고향', '밤이면 내리는 비', '진짜 진짜 미안해'였고 '내 친구의 집은 어디인가', '희생', '어머니와 아들', '취한 말들을 위한 시간'이 외국 영화였다. 미성년자 관람 불가 영화도 있었지만 용태 삼촌의 남다른 철학에 힘입어 어른들에게 들키지 않고 쪽문을 통해 영사실로 들어가 숨을 죽인 채, 침을 꼴깍꼴깍 삼키며 화면에서 눈을 떼지 않았다. 우하는 그 영화들을 하나씩 떠올렸다. 어떤 영화를 선택할 것인가. 쉽지 않았다.

"…… 좋은 영화가 많았는데, 저는 '바보들의 행진'이 마음에 들었어요. 자전거를 타고 고래를 잡으러 간 영철이 벼랑 아래로 떨어지는 장면은 굉장히 충격적이었어요."

"까까머리 병태가 입영열차 창문을 열고 플랫폼에서 배

웅하는 영자와 키스하는 장면은 명장면 중에 명장면이야!"

미연이가 목소리를 높였다. 용태 삼촌은 심각한 표정으로 물었다.

"영철이가 왜 바다로 뛰어들었다고 생각해?"

"…… 잘 모르겠어요. 자기 마음속에는 고래가 살고 있다고 술에 취하면 말하곤 했는데…… 제 생각엔 그 고래를 넓은 바다에 자유롭게 풀어주려고 그런 것 같기도 하고."

"…… 너, 술 한잔 마실래?"

"…… 술을요?"

우하는 무슨 뜻인지 몰라 멍한 얼굴로 용태 삼촌을 바라보았다. 용태 삼촌은 책상 서랍에서 술병을 꺼내 세 개의 사기 컵에다 따랐다. 그리고 한 컵씩 나눠주었다. 세 사람은 얼떨결에 술이 담긴 컵을 받아 들고 다시 멍한 표정으로 용태 삼촌의 말을 기다렸다.

"너희들이 영화를 잘 본 것 같아 기분이 좋아 주는 술이니 마셔."

"…… 진짜 마셔도 돼, 삼촌?"

"삼촌이 주는 술이니까 마셔도 돼. 딱 한 잔이야. 오늘 상영할 영화 '동사서독'은 술 한잔 마신 상태에서 봐도 괜찮은 영화야."

연탄난로 위에 올려놓은 주전자에서 보리차가 김을 솔솔 뿜어내는 영사실에서 우하는 독한 소주를 찔끔찔끔 마셨다. 영화에서 흘러나왔던 '고래사냥'을 비롯해 송창식의 노래들이 머릿속에서 맴돌았다. 미팅을 하고 생맥주를 마시는 대학생들의 모습이 부러웠다. 술값이 모자라 시계와 입고 있던 옷마저 술집 주인에게 저당 잡히는 대학생들이 신기했다. 그런데 극장 같은 강의실에서 공부를 하는 대학생들이 교수의 말을 듣고 우르르 나가는 장면은 아무리 생각해도 이해가 가지 않았다. 축구 경기를 응원하기 위해 수업 도중에 일제히 우르르 몰려나가다니. 아무리 교수님이 허락을 했다고 하더라도. 우하는 그 석연치 않은 부분에 대해 용태 삼촌에게 물어보았다. 용태 삼촌은 놀란 표정을 짓더니 한숨을 푹 내뱉었다.

"그걸 잡아내다니, 제법 예리하네. 원래는 축구 경기를 응원 가는 게 아니라 대학생들이 데모에 참가하는 장면이었어. 교수가 수업을 하다 학생들에게 말하지. 수업을 받지 않고 데모에 참가해도 괜찮다. 결석으로 처리하지 않겠다. 당시 시대 상황은 대학생들이 박정희 정권의 유신독재를 반대하는 데모에 한창이었어. 영화를 다 만들고 이제 개봉만 하면 되는데 그 장면이 정부 검열에 걸린 거야. 한마디로 영화에서 데모하는 장면은 모조리 가위질에 잘린 거지. 그래서 응급처치로 데모하는 장면이 졸지에 운동경기 응원으로 바뀐 거야. 어이없는 일이 벌어진 거지."

흥분한 듯 용태 삼촌의 얼굴도 벌겋게 달아올라 있었다. 우하는 소주 한 잔에 만취한 기분이었다. 박정희 정권의, 유신독재를, 반대하는 데모…… 갑자기 잉걸불에 발갛게 달아오른 호박돌을 덥석 받아 든 것처럼 마음속이 홧홧하게 달아올랐다. 왠지 무서워졌다. 마가리 극장 2층에 자리한 영사실이 마치 태풍이 몰려오는 바다 한가운데 떠 있는 자그마한 섬처럼 느껴졌다. 금방이라도 집채만 한 파도가 몰려와 섬을 뒤덮어버릴 것 같았다. 우하는 또 무슨 말이 쏟아져 나올지 모르는 용태 삼촌의 얼굴을 차마 바라보지 못하고 용태와 미연이의 표정을 슬그머니 살폈다. 두 친구의 상태도 우하와 별반 다르지 않았다. 용태가 사기 컵에 남은 소주를 마저 비우고 물었다.

"삼촌, 그런 말 하면…… 쥐도 새도 모르게 잡혀가지 않아?"

"독재자는 갔고 이제 이 땅에도 봄이 오고 있어. 그토록 오래 기다렸던 민주주의의 봄이. 이젠 영화가 사전에 검열 당하고 필름이 가위질당하는 일은 없을 거야. 예술가가 자유롭게 창작할 수 있는 시대가 온 거야. 이 모든 게 독재자가 사라졌기 때문에 가능해진 일이지."

용태 삼촌이 피워 올린 담배 연기가 환풍기를 향해 천천히 이동하고 있었다. 의자에 기댄 채 눈을 감은 용태 삼촌은 마치 기분 좋은 꿈을 꾸는 듯한 얼굴로 다시 물었다.

"바보들의 행진'에서 또 기억나는 건 없어?"

"교통순경에게 자전차를 자가용이라고 우기는 장면 웃겼어요. 빠이뿌리 담배에 우산을 씌워 팔겠다는 것도 그렇고."

용태가 벌겋게 변한 얼굴로 낄낄거렸다. 빠지지 않고 미연이의 질문이 톡 튀어나왔다.

"영자가 병태에게 늘 하는 말처럼 철학과 나오면 진짜로 할 게 없어요?"

"삼촌, 나도 그게 궁금했어요."

"…… 그런 건 나중에 대학생이 돼서 스스로 알아보는 거야. 그보다…… 자전거와 함께 벼랑 아래 바다로 투신한 영철이 말한 고래가 대체 뭘까? 용태부터 말해봐."

"…… 고래가 고래죠."

"술고래?"

이번엔 미연이가 깔깔거렸다. 우하는 둥글고 길쭉한 사
탕 같은 고래란 낱말을 입속에 넣고서 이리 굴리고 저리 굴
렸다. 꿀꺽 삼켰다가 다시 토해내기도 했다. 말을 더듬는 대
학생 영철의 마음속에 살고 있다는 작고 아름다운 고래 한
마리. 바다에 살고 있는 고래. 언젠가는 고래를 잡으러 갈
거라고 끊임없이 중얼거리는 영철. 고래, 고래, 고래…… 우
하는 조심스럽게 입을 벌렸다.

"어떤 꿈 같아요. 아직 이루어지지 않은……"

천천히 눈을 뜬 용태 삼촌은 물끄러미 우하의 얼굴을 바
라보더니 사기 컵에 든 술을 비웠다. 손가락으로 잣 알갱이
를 집어 손바닥 위에 올려놓고 오래 들여다보았다. 우하와
용태 미연이도 용태 삼촌의 손바닥 위에 놓인 말간 잣 알갱
이에서 시선을 떼지 않았다.

"어떤 꿈이라…… 나중에 너희들이 크면 알게 될 거야.
마가리 극장 영사실에서 어떤 영화를 보았는지. 어떤 고래
를 보았는지."

망경대산 중턱 산비탈에 자리 잡은 모운동엔 봄이 늦게 왔다. 산 아래 농촌마을엔 연둣빛이 가득한데 모운동엔 흰 눈이 펄펄 날렸다. 그렇지만 모운동은 늘 봄날처럼 흥청거렸다. 떠나가는 사람보다 차에 이삿짐을 싣고 찾아오는 사람들이 더 많았다. 매일 집을 짓느라 뚝딱거리는 소리가 사라지지 않았다. 5일에 한 번씩 서는 장거리에선 싸우는 소리가 그치지 않았다. 밤이면 취한 채 집으로 돌아가는 사내들의 노래가 이 골목 저 골목에서 발바리 짖는 소리와 함께 피어났다. 영화를 보고 집으로 돌아가다 취한 어른을 만나면 우하는 다른 골목을 찾아 재빨리 되돌아갔다. 어느 골목을 지날 땐 그릇이 날아가 깨지는 것을 시작으로 부부싸움을 하는 날카로운 소리가 가로등 불빛 속으로 탐스럽게 내리는 눈송이들을 일시에 흩뜨려놓았다. 아이들이 엄마 아버지를 부르며 서글프게 우는 소리가 뒤따라오면 우하의 발걸음도 덩달아 빨라졌다. 어느 골목에선 고등학생 형들이 각목을 들고서 패싸움을 하고 있어 황급히 숨은 적도 있었다. 극장 안과 극장 밖은 좀처럼 손을 잡으려 하지 않는 것 같았다. 영화가 지루하면 모운동은 어느 때보다 활기차게 돌아갔다. 칼을 뽑아 든 영화 속의 주인공은 새처럼 빠르게 허공을 날아가는데 극장 밖은 폭설에 고립된 마을처럼 한없이 무료했다. 가끔 눈송이만 게으르게 날릴 뿐이었다.

골목길을 빠져나와 산자락을 돌아가는 도로 위에 올라선 우하는 지난 주말에 본 영화 '동사서독'의 검객처럼 오른손에 쥔 나무지팡이를 검처럼 눈 속에 꽂은 채 길 아래 비탈을 따라 펼쳐진 모운동을 지그시 내려다보았다. 그리고 시선을 돌려 눈으로 덮인 황량한 망경대산을 바라보았다. 한쪽은 세속의 사람들이 사는 속세였고 한쪽은 영화 속의 사막과 다름없는 곳이었다. 속세인 모운동엔 왠지 모를 우울함이 눈구름처럼 고여 있는 것 같았다. 우하는 긴 한숨을 쉬었다. 용태가 없는 모운동은, 마가리 극장은, 토요일 오후와 일요일이 없는 날들이나 마찬가지였다. 용태는 대체 어디로 간 것일까…… 한마디 말도 없이 모운동을 떠난 용태가 야속했다.

"용태는 괴로움을 이기지 못하고 사막으로 떠난 거야. 그 상황이라면 아마 나도 떠났을 거야. 불쌍한 자식!"

골목길이 갈라지는 곳에서 미연이가 용태의 갑작스런 가출에 대해 우하에게 자세한 설명을 해준 뒤 동정을 보냈다. 그럼에도 우하는 납득이 가지 않았다. 아무리 괴로워도 가출이라니…… 이제 겨우 중학교 3학년에 올라갈 나이였다.

"어디로 갔을까?"

"어디긴, 서울이지!"

미연이는 자기가 가출을 한 것처럼 흥분해 있었다. 따라가지 못한 게 무척 아쉽다는 표정이 역력했다. 하여튼 미연이다웠다. 우하는 나비처럼 두 팔을 휘저으며 구부러진 골목길을 달려가는 미연이의 뒷모습을 물끄러미 바라보기만 했다.

태연한 건 용태 삼촌도 마찬가지였다.

"이참에 세상 구경 한번 하는 거지."

"그러다가 깡패들에게 잡혀갈 수도 있잖아요?"

"우하야, 깡패들이 그렇게 할 일이 없겠냐? 걔들도 나름 바빠."

"용태가 직접 찾아갈 수도 있잖아요?"

"우하야, 용태는 그 정도로 깡이 센 애가 아냐. 지금쯤 분명 마장동 터미널 근처 중국집 주방에서 설거지나 하고 있을 거야."

미연이가 끼어들었다.

"니가 어떻게 알아? 미장원으로 전화 왔어?"

"전화는 무슨 전화. 시골에서 가출한 중학생들은 대부분 마장동을 못 벗어난대."

용태 삼촌이 껄껄 웃었다.

"그 얘긴 나도 들었다. 서울 마장동 터미널 근처 중국집에서 일하는 애들은 대부분 강원도에서 가출한 애들이라고 하더라."

"삼촌, 용태는 그런 애들하곤 경우가 다른 가출이잖아요!"

"뭐, 그렇긴 하다만…… 너무 걱정하지 마. 용태 약한 애 아니니까."

우하는 눈 속에 꽂아놓은 나무지팡이를 검을 뽑듯 천천히 꺼내 들고 잠시 노려보다가 재빠르게 허공을 좌우로 베어버렸다. 그리고 앞으로 달려 나가 길옆의 소나무 허리를 일격에 가격한 뒤 그 자세에서 멈췄다. 마치 '동사서독'의 검객이 그랬던 것처럼. 그러자 바위처럼 굳어버린 듯한 우하의 머리와 어깨 위로 소나무 가지에 쌓여 있던 눈이 쌀가루처럼 부스스 내려왔다. 연기처럼. 우하는 미동도 하지 않은 채 그 눈을 맞으며 용태를 떠올렸다. 용태의 울분을……

지난 일주일 동안 모운동 사람들의 화제는 용태 아버지

에 관한 게 대부분이었다. 요지는 광산 일 때문에 자주 출장을 가는 용태 아버지가 그동안 원주에 첩을 두고 두 집 살림을 해왔는데 그만 들통이 난 거였다. 용태 엄마는 당연히 분개했다. 영월에 나가 기차를 타고 한달음에 원주에 있다는 첩의 집으로 달려갔는데 더 가관인 것은 용태 아버지가 그 첩에게 비싼 아파트까지 사줬다는 거였다. 그 아파트 가격은 모운동의 용태네 집보다 훨씬 더 비싸다고. 게다가 그 첩은 아직 말도 못하는 아이까지 두고 있었으니…… 그러니 용태네 집이 하루라도 조용할 수가 없었다. 용태는 아버지와 엄마의 그치지 않는 싸움을 피해 가출한 것이었다. 우하나 미연이에게도 귀띔을 해주지 않고서. 다행히 아직 봄방학 중이라 결석은 문제가 되지 않았지만 개학은 코앞에 다가와 있었다.

우하는 자세를 풀고 호흡을 가다듬은 뒤 주변을 둘러보다가 다음 목표를 정했다. 두 손으로 나무지팡이를 잡고 소리를 지르며 달려갔다. 이번엔 나무의 밑동을 정확히 가격한 뒤 역시 자세를 고정시켰다. 가지 위에 쌓였던 눈이 난분분 흩날렸다. 용태가 모운동의 마가리 극장 영사실로 돌아올 때까지 이 자세를 결코 풀지 않으리라. 어른들은 자식들을 힘들게 만든다. 심지어는 가출까지 하게 만든다. 자식이 가출을 했는데도 찾으러 갈 생각도 하지 않는다. 지가 집 나가면 어디 갈 데나 있어, 배고프면 돌아올 거야, 이렇게 단정해버린다. 그러면서 서로 자기 탓이 아니라고, 다시 싸움을 한다. 집 나간 자식은 세상의 풍파에 휘말려 고통스러워하는데…… 우하는 힘이 빠지려 하는 두 다리에 힘을 주었다. 검, 그러니까 지팡이를 잡은 두 손을 앞으로 내민 상태에서 오른쪽 다리는 구부리고 왼쪽다리는 뒤로 길게 뻗은 자세를 오래 유지하는 건 쉬운 일이 아니었다. 거의 앉은 자세로 멈춰 있자니 두 다리가 저려오기 시작했다. 하지만 견뎌야 했다. 견디는 게 집을 나간 용태를 응원할 수 있는 유일한 방법처럼 여겨졌다. 아픈 형을 업고서 눈보라 몰아치는 국경을 취한 말을 끌고서 넘어간, '취한 말들을 위한 시간'의 아윱이 마치 용태인 것만 같았다. 우하는 쓰러지지 않으려 애를 쓰고, 또 쓰다가 길옆에 쌓인 눈 더미로 머리부터 처박혔다. 사랑의 슬픔을 이기지 못해 사막을 떠돌다가 칼을 맞고 모래언덕에서 숨을 거두는 검객처럼……

우하는 토요일과 일요일에 걸쳐 모두 열 번을 상영한 영화 '동사서독'을 여덟 번이나 봤다. 영사실에서 짜장면까지 시켜 먹으며. 이해가 가지 않았기 때문이었다. 지금까지 본 영화들 중에서 내용이 가장 헷갈렸다. 영화의 후반부터는 아예 포기하고 화면만 바라보아야만 했으니. 재미가 없는 영화라면 또 모를까, 무척이나 흥미로운 영화인데 이게 영화 속 누구의 이야기인지 알 수 없으니 다시 볼 수밖에 없었다. 그런데 다시 봐도 헷갈렸다. 등장인물들이 무엇인가에 같이 얽혀 있는데 모호하게 넘어가니 궁금증이 해결되지 않았다. 토요일 오후부터 밤까지 모두 네 번을 봤지만 여전히 아리송할 뿐이었다.

"이렇게 어려운 무협영화는 처음 봐."

용태도 한숨을 쉬며 머리를 흔들었다. 미연이는 한술 더 떴다.

"이건 무협영화가 아니라 멜로영화야."

"멜로영화라고? 그게 무슨 소리야?"

"영화 속 남자들과 여자들이 사랑 때문에 괴로워하잖아. 칼을 들고 허공을 방방 날아다니지만 실은 사랑하는 사람을 잊으려고 하는데 잊어지지 않아서 몸부림을 치는 거야. 칼을 든, 아주 잘 만든 멜로영화야."

"…… 니 말을 들으니 정말 그런 것도 같네. 우하야, 니가 보기엔 어때?"

"좀 생각해봐야겠어. 지금은 모든 게 헛갈려."

다음 날 우하는 아예 공책과 볼펜까지 챙겨서 마가리 극장을 찾아갔다. 사막에서 거간꾼 역할을 하는 서독(西毒) 구양봉. 취생몽사(醉生夢死)란 술을 가지고 찾아온 동사(東邪) 황약사. 눈이 멀어가고 있는 검객. 그 검객이 눈이 완전히 멀기 전에 보고 싶어 하는 고향의 복사꽃. 복사꽃을 닮은 여인. 모용연과 모용언이라는 오누이(아무리 봐도 두 사람이 아니라 한 사람이 변장을 하고 일인이역을 연기하는 것만 같은데……)와 훗날의 독고구패. 홍칠이라는 검객과 그의 아내. 원수를 갚아달라고 찾아온 젊은 여자와 달걀 그리고 노새. 서독 구양봉의 옛 애인…… 그런데 어떤 이들은 마치 꿈속인 것처럼 나타났다가 사라지고, 그들이 하는 말 역시 꿈속인 것처럼 아련했다. 꺼내놓는 말 역시 분명하게 하지 않고 에둘러서 말하기에 그게 누구의 사연인지, 누구에게 보내는 말인지 알아차리기가 쉽지 않았다. 영화를 보는 관객도 그러했지만 우하가 보기엔 영화 속의 인물들 역시 그러한 것 같았다. 인생이, 사랑이란 게 본래 그런 거라고 감독이 고집한다면 할 말이 없지만…… 하지만 그래도 영화는 아름다웠다. 뭔가 묘했다. 사랑하는 여인을 잃은 아픔을 지닌 채 우하도 검 하나를 들고 사막으로 떠나고 싶었다. 모래바람 부는 사막을 떠돌며 그 술을 마셔보고 싶었다. 취하면 살고 꿈꾸면 죽는다는 뜻을 지닌 취생몽사라는 술을……

"뭘 적는 거야?"

미연이가 우하의 노트를 보며 물었다.

"마음에 드는 대사, 인물들 간의 관계를 적는 거야."

"오, 괜찮은 방법이야. 용태야 우리도 적자."

"난 홍칠이란 검객과 맹인검객이 마음에 들어. 두 검객의 말만 적을 거야."

"난 영화 속에 등장하는 모든 여자들."

"그럼 나는 동사와 서독의 말을 중점적으로 적을게."

동사와 서독 사이에서 갈등을 하던 우하는 결국 둘 다 선택하고 말았다. 그렇게 세 친구는 '동사서독'을 줄기차게 보며 등장인물들의 말을 받아 적었다.

눈 덮인 망경대산은 하얀 사막처럼 보였다. 우하는 양지바른 바위 위에 앉아서 겹겹이 겹쳐 있는 서쪽의 먼 산들을 바라보았다. 저 산들 너머에 모운동을 떠난 용태가 있을 것이다. 세 친구 모두에게 모운동은 고향은 아니지만 고향이나 다름없는 곳이었다. 모운동을 떠난 용태는 지금 얼마나 외로울까. 정말 마장동 터미널 근처의 중국집에서 일하고 있을까. 매일 주방장에게 얻어맞고 있는 건 아닌지 모르겠다. 어떤 곳은 도망가지 못하게 밤이면 아예 감금 비슷하게 한다는 얘길 가출했던 친구에게서 들었던 것도 같은데……도망치다가 잡혀서 엄청 얻어맞았다는 얘기도 있었다. 우하는 먼 산에서 돌아와 저 아래 모운동을 내려다보았다. 용태가 없는 모운동은 모운동 같지 않았다. 모래바람만 날리는 사막이나 마찬가지였다. 마가리 극장에 가는 것도 왠지 눈치가 보이고 어색했다. 미연이도 그렇다고 했다. 용태에게 미안해서 평소와 다름없이 모운동을 쏘다닐 수 없는 모양이었다. 그건 우하도 마찬가지였다. 용태는 부모님의 부부싸움에 상처를 받고 사막으로 떠나간 고독한 검객 같았다. 우하와 미연이는 모운동에 남아 구차한 삶을 연명하고 있고. 용태가 떠나기 전 영사실에 모여 앉아 마치 영화 속의 배우처럼 '동사서독'의 대사를 낭독하던 시간은 얼마나 아름답고 즐거웠던가.

"얼마 전에 어떤 여자가 술 한 병을 주었는데 술 이름이 취생몽사야. 마시면 지난 일을 모두 잊는다는군. 난 믿기지 않았어. 그녀는 인간이 번뇌가 많은 건 기억력 때문이란 말도 하더군. 잊을 수만 있다면 매일매일이 새로울 거라 했지. 그럴 수 있다면 얼마나 좋을까. 자네에게 주려고 가져왔는데 같이 나눠 마셨으면 좋겠어……"

동사가 서독에게 하는 대사를 우하가 낭독했다.

이어 용태가 맹인검객을 찾아간 동사의 역할을 맡자 우하는 맹인검객의 말을 맡았다.

"우린 아는 사이인가?"

"옛날엔 절친한 친구였지. 하지만 지금은 아니야. 그런데 여긴 왜 왔지?"

"누가 취생몽사란 술을 주기에 나눠 마시려고."

"술과 물의 차이점을 아나? 술을 마시면 몸이 달아오르고 물을 마시면 몸이 차가워지지."

"또 만나겠지?"

"아니."

맹인검객은 이어서 중얼거렸다.

"이 자를 만나면 꼭 죽이겠다고 했지만 시력이 나빠진 뒤에야 만나서 그러지 못했다……"

미연이가 사랑에 빠진 모용연의 심정을 절절하게 읊기 시작했다.

"전 그 한마디 때문에 지금까지 기다렸어요…… 모용연을 사랑한다면서 어떻게 딴 여자를 좋아하죠? 그 여자를 찾아갔었죠. 당신을 사랑한다기에 죽이려다 말았어요. 당신이 그 여자를 사랑한다는 것을 인정하기 싫어서요. 어느 날 제가 견디지 못하고 사랑하느냐고 물어보면 거짓으로라도 말해줘요. '당신은 내 사랑이 아니야.'라고 말하지 말아요."

용태가 칼을 맞고 죽어가는 맹인검객의 마지막 말을 낭송했다.

"검이 빠르면 피가 흐를 때 피리 소리가 들린다고 했는데…… 내가 그 소리를 듣게 될 줄이야……"

우하는 신발도 신지 않은 홍칠에게 설교를 늘어놓는 서독의 빈정거림을 흉내 냈다.

"자네처럼 무공을 조금 한다고 천하를 우습게 보는 이는 많지. 강호를 떠도는 건 힘든 일이야. 무공을 알면 많은 일을 못하지. 농사짓기 싫지? 산적 짓도 못하고 약장수는 더욱 하기 싫을 텐데 어떻게 살 거야? 무공 고수도 밥을 먹어야 해."

용태가 서독의 대사를 이어받았다.

"천하를 얻기 위해선 여자를 버려야 한다고 생각했지. 그
런데 집에 돌아가니 그녀는 내 형수가 돼 있더군……"

손가락을 잃은 홍칠의 목소리를 우하가 따라 했고 용태
가 서독의 대답을 했다.

"이 사막 너머에 뭐가 있소?"

"또 다른 사막이 있지."

미연이가 서독의 옛날 애인의 탄식을 중얼거렸다.

"전엔 사랑이란 말을 중시해서 말로 해야만 영원한 줄 알
았어요. 하지만 지금 생각해 보니 차이가 없어요. 사랑 역시
변하니까…… 어느 날 거울을 보고 깨달았어요. 내가 가장
아름다웠던 시절에는 사랑하는 사람이 곁에 없었어요. 다
시…… 시작했으면 좋겠어요. 그와 친하다면서 왜 내 얘길
안 했죠?"

우하는 비장한 표정으로 옛날 애인의 죽음을 전해들은
서독의 마지막 독백을 읽어갔다.

"이곳에 오랫동안 있었으면서도 사막도 제대로 못 본 걸
알았다…… 취생몽사는 그녀가 내게 던진 농담이었다. 잊

으려고 노력할수록 더욱 선명하게 기억난다."

서독은 집을 불태우고 서쪽으로 떠난다. 사막의 더 깊은 곳으로. 그리고 영화는 끝이었다.

낭독을 모두 마친 우하, 용태, 미연은 영사실에서 서로의 얼굴을 오래 들여다보았다. 마치 거울을 들여다보듯. 자기가 과연 영화 속의 누구와 비슷한지를 궁금해하며. 사랑에서 도망쳐 사막으로 들어간 사람. 사막에서도 사랑을 찾으려고 동분서주하는 사람. 그 사람이 돌아오길 기다리는 사람. 그리고……

바위 위에 서서 우하는 주름처럼 펼쳐진 서쪽 산들을 향해 소리쳤다.

"용태야, 빨리 돌아와 같이 영화 보자-!"

일 포스티노

모운동 분위기가 뒤숭숭했다. 그 뒤숭숭함은 갑, 을, 병반일을 마치고 모운동으로 쏟아져 나오는 광원들의 표정에가장 많이 묻어 있었다. 뭔지 모를 팽팽한 긴장감이 모운동을 휘감고 있다는 걸 중학생인 우하도 느낄 수 있을 정도였다. 뒤숭숭함과 긴장감의 진원지가 망경대산 동북쪽에 자리한 광업소에서 흘러나오고 있다는 것도. 모운동에 사는사람들 대부분은 어쩔 수 없이 광업소와 크든 작든 상황이연결돼 있었다. 그것은 만약에 어느 날 갑자기 광업소가 문을 닫는다면 모운동도 문을 닫는 거나 마찬가지라는 얘기였다. 광업소가 없는 모운동은 존재할 수 없었다. 광업소에서 채굴한 석탄으로 별표연탄을 만들고 거기서 나온 돈으로 모운동이 굴러가고 있다는 것은 초등학생도 알고 있는 사실이었다. 그런 광업소에서 이상한 긴장감이 흘러나오고 있으니…… 아버지에게 슬쩍 물어보았지만 우하에게 돌아온 대답은 쓸데없는 일에 신경 쓰지 말고 공부나 열심히 하라는 얘기뿐이었다. 개학이 다가왔으니 이제 마가리 극장에 가는 횟수도 줄이라는 엄명과 함께.

"용태한테서 편지가 왔어."

연애바위에서 미연이가 흰 편지봉투를 내밀었다. 봉투엔 볼펜으로 쓴, 발신자란에는 '돌아온 용팔이'라 적혀 있고 수신인란에는 미연이의 엄마가 운영하는 미장원 주소에 우하와 미연이의 이름이 나란히 자리하고 있었다. 그리고 최규하 대통령 취임 축하 우표가 붙어 있었는데 거기엔 마장동 우체국이라고 선명한 직인이 찍혀 있고.

"안 봤어?"

"응. 두 사람 이름이 나란히 씌어 있잖아."

용태가 가출한 지 일주일 만에 도착한 편지였다. 우하는 울컥 치솟는 감정을 억제하려고 잠시 호흡을 가다듬었다. 눈에 익숙한 용태의 필체가 눈물샘을 자극했다. 우하는 아주 가볍지만 동시에 엄청 무거운, 개봉하지 않은 편지봉투를 미연이에게 도로 건넸다. 미연이의 눈이 동그랗게 변했다.

"니가 읽어주면 용태가 좋아할 거야."

"야, 용탠 내 취향 아냐!"

말은 그렇게 하면서도 미연이는 재빨리 봉투를 뜯고 편지를 꺼냈다. 편지지는 두 번 접혀 있었다. 미연이가 조심스럽게 편지지를 펼쳤다.

친구들 잘 있는가?

한마디 말도 없이 떠나와서 정말 미안하다. 말을 하면 떠나지 못할 것 같기도 했고 또 그럴 겨를조차 없었다는 변명으로 미안함을 대신한다. 이렇게 얘기해도 아마 서운한 마음은 풀리지 않겠지만 그래도 그럴 수밖에 없었던 나를 이해해주길 바란다.

지금 나는 서울 하늘 아래에서 고독한 하루하루를 보내고 있단다. 서울은 사막과 같은 곳이야. 수많은 사람들이 바삐 오가고들 있지만 내가 보기엔 다들 외롭고 고독해 보여. 그들은 서로 스쳐 지나가지만 자기 옆을 지나가는 그 사람이 누구인지 모르고 또 알려고 하지 않는 것 같아. 그냥 같은 거리에서 우연히 지나치는 것뿐이야. 다들 자기 생각 속에 빠져서 다른 사람들을

158

볼 생각은 아예 하지 않는 것 같아. 군중 속의 고독이라고 할까. 나도 어쩔 수 없이 그 고독이라는 버스를 타고 하루하루를 건너가고 있어. 그게 서울의 비정함이자 동시에 매력인 것 같아. 여기엔 모운동에서는 결코 접할 수 없는 독특한 고독이 있다고나 할까…… 하여튼 나는 이렇게 서울의 고독을 음미하며 나를 찾아가고 있는 중이야……

마가리 극장의 영화들은 잘 상영되고 있지? 나는 너희들과 마지막으로 본 영화 '동사서독'을 매일 생각해. 나는 내가 그 영화의 맹인검객과 비슷한 처지라는 생각을 자주 하곤 해. 친구 황약사에게 아내를 빼앗긴 사람. 그 고통으로 인해 사막을 떠도는 검객. 앞은 점점 캄캄해지고…… 너희 두 사람은 지금 내게 있어 고향의 복사꽃이나 다름없는 존재들이야. 이제 조금 있으면 모운동에도 복사꽃이 피겠지. 우리가 복상꽃이라고 부르는 그 복사꽃이. 나는 그 복사꽃을 그리워하면서도 돌아가지 못하는 신세고……

아, 이건 넋두리야. 잘 알고 있겠지만 내가 너희들에게 아무 말도 없이 모운동을 떠난 건 우리 부모님들의 싸움 때문이야. 나는 그 모습을 지켜보는 게 미치도록 싫었어. 그 싸움에서 내가 할 수 있는 일은 아무것도 없었어. 밥상이 마당으로 날아가고, 날아가 엎어져서 그릇들이 깨지고, 그 그릇에 담긴 반찬이 마당에 흩어져도 내가 할 수 있는 일은 없었어. 그래서 도망치듯 집을 뛰쳐나온 거야. 어른들은 자기들 생각에만 빠져 우리를 전혀 생각하지 않는 것 같았어. 나는 그게 싫었던 거야. 진정되길 바랐지만 그렇게 되지 않았어. 견디려고 했지만 그렇게 되지 않았어. '취생몽사'란 술이 진짜 있다면 마시고 싶었어. 하지만 그 술은 영화 속에서나 있는 술이었어…… 그러니 나는 떠날 수밖에 없었어……

미연아, 우하야? 나는 지금 서울에 있어. 영월역에서 기차를 타고 청량리역에 도착했어. 한 이틀은 정처 없이 서울의 거리를 걸었어. 걷고 걷다가, 다리가 아파 어디 들어가서 쉬고 싶었어. 그런데 내가 들어간 곳이 어딘지 알아? 바로 극장이었어. 들어가 영화를 봤어. 아무 생각 없이, 그냥. 영화를 다 보고도 그냥 앉아 있었어. 그날의 마지막 영화였어. 나는 그냥 계속 앉아 있었어. 나가도 갈 곳이 없기 때문에…… 그때 나는 우리 마가리 극장에서 영화를 보려고 똥통으로 들어온 애를 생각하고 있었어. 그 애의 심정이 비로소 이해가 되더라. 놀랍게도.

우여곡절 끝에 지금 나는 그 극장에서 일하고 있어. 놀랐지? 더 놀라운 건, 이 극장 영사기사가 우리 삼촌을 잘 안다는 거야. 사막도 너무 좁아…… (아, 우리 삼촌에게는 이 얘길 절대 하면 안 돼!)

우하야, 미연아?

그래도 나는 모운동이 좋아. 마가리 극장이 좋아. 그곳에서 너희들과 같이 영화를 본 것을 평생 잊지 못할 거야. 여기서 보는 영화들은, 같은 영화라 하더라도 재미가 없어. 그냥 자기가 아프다고 말하는 게 전부인 것 같아. 넌 얼마나 아프냐고 묻는 주인공들이 없어. 그런데 미연아, 우하야…… 나는 모운동으로 돌아갈 수 있을까……

너희들의 사랑을 응원한다!

미연이는 용태의 편지를 봉투에 넣어 우하에게 건네주었다. 눈에는 눈물이 고여 있었다. 우하는 편지를 받았지만 어

떻게 처리해야 할지 몰라 우두커니 쥐고 있기만 했다. 연애
바위에 앉아 있는 미연이가 그런 우하의 어깨에 슬며시 기
대더니 우하의 볼에 뽀뽀를 했다.

차갑고 따스한……

그리고 긴 침묵……

작업복을 입은 광원들이 왜 마가리 극장 앞으로 꾸역꾸
역 모여드는지 연애바위에 앉아 있는 우하와 미연이는 처
음엔 그 까닭을 알아채지 못했다. 그냥 영화 단체관람을 하
는 날인가 보다 생각했다. 그런데 아니었다. 광원들의 수가
너무 많았다. 한꺼번에 들어가면 극장이 터져버릴 정도로
많은 수의 광원들이 모여들고 있었다.

"무슨 일이지?"

우하는 엄지와 검지를 구부려 쌍안경을 만든 채 극장 앞
의 광원들을 이리저리 살폈다. 아버지도 저기 있을까 상상
하며. 미연이도 우하를 흉내 냈다.

"뭔 사고가 난 모양이야."

광원들이 극장 마당을 빽빽하게 채우자 구경꾼들도 모여
들고 있었다. 극장 앞은 모운동에서 가장 넓은 공터여서 오
일에 한 번씩 장이 서는 곳이기도 했다. 그 자리에 땅속에서

탄을 캐던 광원들이 모여들고 있다는 건 심상치 않은 일이 벌어졌다는 얘기였다. 우하는 연애바위에서 벌떡 일어났다. 가슴이 두근두근 뛰기 시작했다. 우하와 미연이는 연애바위에서 뛰어내렸다. 그리고 마가리 극장을 향해 달리기 시작했다.

가까이에서 본 광원들의 표정은 하나같이 무서웠다. 잔뜩 화가 나 있었다. 금방이라도 폭발할 것만 같은 눈빛들이었다. 그들은 다 함께 구호를 외쳤다. 노래를 불렀다. 회사 측과 손잡은 어용노조위원장의 비리에 대해 성토했다. 사측 담당자의 사과와 노조위원장의 처벌이 이루어지지 않으면 이 자리에서 무기한 농성에 들어갈 것이라고 경고했다. 우하는 농성에 참가한 광원들 속에서 아버지를 찾으려 했지만 워낙 사람들이 많았고 복장이 똑같아서 어려움을 겪었다. 구경꾼들도 점점 늘어나고 있어 자꾸만 앞이 가렸다. 우하는 미연이를 끌고 경사가 급한 계단 맨 위로 올라가 앉았다. 마가리 극장 입구의 계단 위에 선 아저씨가 종이를 펼쳐 들고 큰 목소리로 그동안 노조위원장이 저지른 비리를 하나하나 열거하고 있었다. 저편 길에서 달려오는 광업소의 사무직 직원들도 보였다. 그 뒤에선 경찰 두 명이 역시 허겁지겁 달려오고 있었다. 그 뒤엔 광업소의 간부들로 보이는 사람들이 손수건으로 이마와 목의 땀을 닦으며 뒤뚱뒤뚱 걸어왔다. 그들 중에는 용태 아버지도 포함돼 있어서 우하의 심정은 조금 묘해졌다. 회사 측 사람들과 경찰이 마가리 극장의 마당에 모여 있는 광원들 사이를 가르며 노조의 간부들이 모여 있는 곳으로 천천히 다가갔다. 술렁거림이 잦아들고 긴장감이 최고조에 다다른 듯 침묵이 극장 마당을 휘감고 있을 때 갑자기 마가리 극장의 출입문이 열렸다. 사람들이 그 문을 통해 쏟아져 나왔다. 때맞춰 영화가 끝난 모양이었다. 극장 밖으로 나온 사람들은 낯선 바깥 풍경에 놀라 어찌할 줄 몰라 했다. 영화보다 더 낯선 풍경에 놀라 눈을 비비거나 극장 안으로 황급히 되돌아가는 사람들로 인해 한층 혼잡해졌다. 그 혼잡함이 가라앉자 회사 측 사람들과 순경 둘, 그리고 노조의 간부들이 용태 아버지를 따라 극장 안으로 들어가는 것을 보고 우하는 계단에서 일어났다. 극장 마당을 가득 메운 광원들은 하나둘 차가운 땅바닥에 주저앉아 안으로 들어간 사람들이 가지고 나올 결과물을 기다렸다. 우하와 미연이는 계단을 내려와 구경꾼들 사이에 섞여 무성하게 피어나는 말들을 귀동냥했다. 뭔가 큰일이 벌어질지도 모른다는 불안을 달래며.

"엄마 모시고 집에 가 있어."

"…… 그래도."

"이건 어른들 일이야. 넌 집에 가서 가축들 돌보고 문단 속 잘하면 돼. 그게 아버질 도와주는 거야."

"그래, 우린 집으로 가자."

소문을 듣고 여동생과 함께 한달음에 모운동으로 달려온 엄마가 돌아갈 채비를 했다. 날은 벌써 어두워져 있었다. 빈 집을 지키고 있는 가축들이 배를 곯아가며 이 집 식구들은 다들 어디로 간 거냐고 투덜대고 있을 게 뻔했다. 만약 말을 할 줄 안다면. 우하는 마가리 극장 마당에 장작불을 피워놓은 채 농성을 벌이고 있는 광원들의 얼굴에서 일렁거리는 불꽃의 그림자를 바라보았다. 조금 무서웠다. 아버지의 말에 의하면 문제가 해결될 때까지 무기한 농성에 들어갈 거라고 했다. 1차 협상은 결렬되었지만 회사 측과 노조 측은 마가리 극장을 광원들이 이용하기로 합의한 터라 추운 극장 마당에서 밤을 새우지 않아도 돼 그나마 다행이었다. 그러니까 마가리 극장은 협상이 타결되어야만 다시 영화를 상영할 수 있다는 얘기였다. 우하는 낮에 미연이와 앉아 있던 시멘트 계단 위에 서서 마가리 극장의 컴컴한 지붕을 내려다보았다. 극장이 문을 연 뒤 영화가 상영되지 않기는 처음이었다. 서울로 가출을 한 용태가 이 사실을 알면 어떤 표정을 지을지 궁금했다. 극장 2층의 영사실에서 기거하는 용태 삼촌은 지금 무엇을 하고 있을지도. 사기 컵에 담긴 소주를 삼킨 뒤 잣알을 씹고 있을까……

근데 왜 하필 마가리 극장에서 농성을 하는 걸까…… 우하는 집으로 돌아가는 길에서 내내 그 생각을 했다. 아버지에게는 미안한 마음이 드는 생각이지만, 마가리 극장의 영화가 이렇게 멈춘다는 건 용납하기 힘들었다. 이 사실을 용태가 안다면 아마 펄펄 뛸 게 틀림없었다. 미연이는 이렇게 말했다.

"아니, 영화가 대체 뭔 잘못을 했다는 거야!"

산자락을 돌아가는 모퉁이에서 우하는 저 멀리서 반짝이는 모운동의 불빛을 마지막으로 일별하고 고개를 돌렸다. 이번 일로 혹시라도 극장이 문을 닫는 불상사가 일어나지 않길 바라며.

우하는 방의 전등을 끄기 전 용태의 편지를 읽고 또 읽었다. 미연이와 함께 용태가 있는 서울로 찾아가고 싶은 생각

이 불쑥 들었다. 용태는 깜짝 놀라겠지. 모운동으로 돌아가
지 않고 같이 있겠다고 하면 더 깜짝 놀라겠지. 미연이와 함
께 가출을 했다고 하면 아마 펄쩍 뛰겠지. 그나저나⋯⋯ 용
태의 근황을 용태 삼촌에겐 알려줘야 하지 않을까. 용태도
사실은 그걸 바라고 있는 게 아닐까⋯⋯ 우하는 잠이 오지
않아 이불 속에서 이리 뒤척거리고 저리 뒤척거렸다. 안방
에선 엄마와 동생의 코 고는 소리가 나직하게 들려오는 밤
이었다. 아버지는 마가리 극장의 불편한 의자에 앉아 잠자
고 계실까. 아니면 잠들지 못하고 장작불을 피우고 계실까.
우하는 결국 이불 속에서 엉금엉금 기어 나와 앉은뱅이책
상 앞에 앉아 책상 등을 켰다.

　용태야.
　편지 잘 받았어. 미연이와 나는 네 편지를 받고 얼마
나 기뻤는지 모른다. 낮부터 지금까지 한 열 번은 읽은
것 같아. 편지 보내줘서 정말 고맙다.
　오늘 밤 잠이 오지 않아 뒤척거리다가 네게 답장을
써야겠다는 생각이 갑자기 떠올랐다. 네가 편지봉투에
주소를 적지 않았기에 낮에는 답장 생각을 하지도 못

했는데 가만히 생각해보니 그건 중요한 문제가 아니라고 여겨졌다. 물론 이 편지가 완성된다 하더라도 네게 부칠 수는 없겠지. 하지만 이렇게 해서라도 내 마음을 조금이나마 네게 전하고 싶었다. 아마 미연이도 오늘 밤 잠들지 못하고 네게 편지를 쓰고 있을 게 틀림없어. 어떻게 아냐고? 우리 셋은 오랜 친구이니까. 너도 지금 아마 잠들지 못한 채 뒤척거리고 있을 거야.

용태야.

너의 가출 이후 모운동에 큰 사건이 벌어졌다. 광원 노조가 파업을 선언했는데 문제는 마가리 극장을 농성 장소로 사용하고 있다는 점이다. 당연히 영화 상영은 중단되고 말았다. 이걸 어떻게 받아들여야 할지 모르겠다. 왜 영화관이 파업의 희생양이 되어야만 하는지…… 회사 측과 노조가 빠른 시일 안에 원만한 해결을 본다면 모르지만 그렇지 않다면 영화 상영은 계속 연기되겠지. 마가리 극장의 단골손님들도 모두 모여 농성을 벌여야 하지 않을까. 영화 상영은 계속되어야 한다! 계속되어야 한다! 이렇게 구호를 외치면서 말이야.

그런데 용태야?

나는 조금 무서운 생각도 든다. 우리 아버지는 광원이고 너희 아버지는 광업소의 간부잖아. 이번 파업이 잘 마무리되지 않으면 어떻게 될까? 우리는 서로 다른 곳에 서 있는 부모님을 두고 있잖아. 우리도 서로 갈라서게 될까? 그건 굉장히 슬픈 일일 것 같아. 어른들의 입장 때문에 자식들도 덩달아 피해를 봐야 한다니…… 그렇다고 남의 일처럼 모른 척하기도 힘든 일이고. 그동안 파업이 벌어질 때마다 나는 이런 생각으로 고통스러웠다. 어른들의 일로 인해 우리 사이가 갈라질지도 모른다는 불안에 시달리곤 했다. 다행히 지금까지는 그런 일이 벌어지지 않았지만……

용태야.

세상에 어떤 일이 벌어지더라도 우리 세 친구의 우정에 금이 가지 않았으면 좋겠다. 너와 미연이 그리고 나. 우리 세 사람이 부모의 세계를 떠나 온전한 어른이 될 때까지 밖에서 불어오는 바람에 흔들리지 않고 늘 변치 않는 사이였으면 정말 좋겠다.

용태야.

서울의 밤은 어떤 밤일까? 그곳에도 달과 별이 뜨겠

지. 하지만 모운동의 달과 별보다 아름답지는 않겠지. 한 번도 가본 적이 없는 서울이지만 왠지 그럴 것 같다는 생각이 든다. 그곳은 벌써 봄이 도착해 있겠지. 여기 망경대산은 아직 눈보라가 날린다. 비록 봄은 늦게 오지만, 복사꽃도 늦게 피지만, 나는 이곳 모운동의 봄을 차분하게 기다리고 있다. 네가 돌아오길 기다리며. 너는 돌아와야 한다. 며칠만 지나면 개학이야. 우리는 중학교 3학년으로 올라가고. 좀 귀찮을 때도 있지만 우리는 공부를 해야 한다고 생각해. 중학교를 졸업하고 고등학교를 졸업하고 대학을 가야만 한다고 나는 생각해. 그래야만 우리가 꿈꾸는 일을 할 수가 있을 거야. 물론 정규교육을 꼭 받아야만 하는 건 아니겠지만 그래도 우리가 어른이 될 때까지는 그 과정을 밟는 게 맞다고 봐. 어쨌든 나와 미연이는 너의 조속한 복귀를 바라고 있어.

용태야.

며칠 전엔 '일 포스티노'란 영화를 봤어. 미성년자 관람 불가 영화야. 시인과 우편배달부가 나오는. 우편배달부의 아름다운 애인도 나와. 애인은 우편배달부의 청혼을 받아들여 아내가 되고. 섬이 배경인지라 푸른 바다를 줄곧 볼 수 있는 영화야. 바다…… 용태야 나는 아직 바다에 가본 적이 없어. 미연이도 마찬가지고. 너는 바다에 가봤어? 우리 조만간 셋이서 함께 꼭 바다에 가보자. 영월역에서 영동선 기차를 타면 강릉에 갈 수 있잖아. 왜 지금까지 그 생각을 한 번도 하지 않았는지 억울할 지경이야. (용태야, 이건 너만 알고 있기를 바랄게. '일 포스티노'란 영화를 본 날 밤 나는 태어나 처음으로 몽정이란 걸 했어. 뭔가 이상해 죽겠어. 이 얘긴 네가 돌아오면 미연이 몰래 자세히 들려줄게.)

용태야.

네가 모운동으로 무사히 돌아오는 날을 기다리며 이만 줄일게.

모운동이 발칵 뒤집혔다.

우하는 엄마와 함께 일찌감치 가축들 아침밥을 먹인 뒤 모운동으로 달려갔는데 하룻밤 사이에 세상이 바뀐 것만 같았다. 곤봉을 든 전투경찰들이 마가리 극장 마당에 집결한 채 광원들의 동향을 살피고 있었다. 광원들도 만약의 사

171

태에 대비해 각목을 들고 경비를 서고 있었다. 모운동 사람
들은 평화로웠던 마가리 극장이 왜 저렇게 살벌한 풍경으
로 변했는지 이해할 수 없다는 표정을 한 채 광원들과 전
투경찰의 대치를 바라보고 있었다. 우하는 아버지가 어디
에 있는지 찾으려고 했지만 찾을 수 없었다. 쪽문을 통해 극
장 안으로 몰래 들어가보고 싶은 생각도 들었지만 무서워
서 걸음이 떨어지지 않았다. 광원 가족들 사이로 오가며 밤
새 벌어진 일들을 묻거나 귀동냥을 할 수밖에 없었다. 밤새
계속된 협상은 결렬됐고 회사 측에서 전투경찰을 불렀다는
게 밤에 벌어진 일의 대강이었다. 어용노조위원장은 도망
을 갔고 회사 측에선 어용노조위원장과 거래를 한 사실이
없다고 선을 그은 뒤 광원들이 일터로 복귀하지 않으면 적
절한 조치를 취할 수밖에 없다고 통보했다. 광원들은 회사
측에서 일반 경찰을 부른 게 아니라 전투경찰을 부른 사실
에 격노했다. 말을 듣지 않으면 경찰력을 투입해 파업에 참
가한 사람들을 무력으로 진압하겠다는 건 협박이나 다름없
다고 입을 모았다.

"우하야, 어떻게 될 거 같아?"

"…… 모르겠어. 잘 해결됐으면 좋겠는데."

"근데, 왜 하필 극장이야. 파업을 해도 광업소에서 하는 게 맞지 않아?"

"아까 누군가 하는 얘길 들었는데 이번 일에 용태 아버지와 어용노조위원장이 개입돼 있나 봐. 그래서……"

"나도 미장원에서 아줌마들이 그 얘기하는 거 들었는데…… 우하야, 용태 아버지도 위에서 시켰으니 했을 거 아냐. 안 그래?"

"…… 마가리 극장이 이번 일로 문을 닫으면 안 되는데."

"우하야, 우리 영사실에 가보자. 용태 삼촌이 뭐 하고 있는지 궁금하지 않아?"

"갈 수 있을까?"

"한번 가보는 거지 뭐. 누가 잡으면 니네 아버지 만나러 간다고 해."

미연이의 각본이 괜찮았다. 그렇지 않아도 아버지의 얼굴이 보이지 않아 걱정이 되던 터였다. 우하와 미연이는 사람들이 잘 모르는, 극장 뒤편으로 이어진 좁은 통로로 연결되는 나무문을 열고 들어갔다. 지난번에 영화를 공짜로 보겠다고 초등학생이 똥통을 통해 극장으로 들어갔던 바로 그곳이었다. 똥통을 지나면 바로 극장으로 들어갈 수 있는 쪽문이 나타났다. 자물쇠가 걸려 있는. 우하는 얼어붙은 눈이 덮여 있는 화분 아래에 숨겨놓은 열쇠를 찾아내 쪽문을 열고 안으로 들어갔다. 마치 밀서를 전달하려는 밀정처럼 살금살금 어두운 복도를 걸었는데 문제는 극장 휴게실을 어떻게 통과해 이층으로 올라가느냐가 최대 관건이었다. 아니나 다를까.

"너희들 여기 왜 들어왔냐?"

눈이 부리부리한 광원 아저씨가 우하와 미연이를 가로막았다.

"…… 엄마가 아버지한테 심부름 보냈어요."

"아버지 이름이 뭔데?"

우하는 덜덜 떨리는 목소리로 아버지의 이름을 말했다.

극장 휴게실은 바깥보다 더 부산스러웠다. 혹시라도 전투경찰들이 들이닥칠 것을 대비해 출입문 쪽에 철제 책상을 겹겹이 쌓아놓았다. 우하와 미연이는 주변을 둘러보며 쭈뼛거리는 걸음으로 극장 안으로 고개를 디밀었다. 광원들은 관람석에서 화면 앞 무대에 줄줄이 갖다 놓은 의자에 앉아 대책 회의를 하는 노조 집행부를 지켜보고 있었다. 뒤통수만 보고 아버지를 찾는 일은 쉽지 않았다. 그렇다고 무대 쪽으로 나간다는 것도 그랬다. 우하는 아버지를 찾는 일을 포기하고 미연이와 함께 2층 영사실 쪽을 올려다보았다. 영화의 화면이 흘러나오던 창은 합판으로 가려져 있었다. 아마 용태 삼촌이 막은 것 같았다.

"용태 삼촌?"

미연이가 조심스럽게 문을 두드렸다. 안에서 잠근 걸로 보아 영사실에 사람이 있다는 얘기였다. 우하도 용태 삼촌을 불렀다. 잠시 뒤 슬리퍼 끄는 소리가 들리고 문이 열렸다. 용태 삼촌은 놀란 표정을 짓더니 둘을 안으로 들였다.

"어떻게 여기 찾아올 생각을 다 했냐?"

"마가리 극장 영사실은 우리들 아지트잖아요."

미연이가 딱 부러지게 대답을 했다. 우하는 합판으로 막아놓은 창을 바라보았다. 답답했다. 왜 저곳을 합판으로 막아야 하는지 까닭을 알 수 없었다.

"니들, 라면 먹을래?"

"예!"

용태 삼촌은 연탄난로 위에 올려놓은 냄비에 두 봉 분량의 물을 더 부었다. 아래층에서 올라오는 웅성거림을 들으며 세 사람은 한동안 냄비만 들여다보았다. 물이 끓기를 기다리며. 우하는 바깥에서 벌어지는 일들에 대해 무슨 말인가를 하고 싶었지만 막상 말을 꺼내려 하면 말이 되어 나오지가 않는다는 걸 알았다. 그 중심에 용태네가 있었기 때문에 조심스러울 수밖에 없었다. 용태 삼촌의 입에서 어떤 말이 먼저 나오길 기다릴 수밖에 없는 입장이었다. 마가리 극장과 용태네가 얽혀 있는 일이었기에.

"라면 먹어."

"…… 예."

"…… 잘 먹을게요."

우하와 미연이는 나무젓가락을 이용해 라면을 먹었다. 합판 너머에서 올라오는 광원들의 열띤 논쟁 소리를 들으며. 용태 삼촌은 사기 컵에다 소주를 따라 마시며 라면 국물을 훌훌 들이켰다. 매일 뜨거운 열을 뿜어내며 영화를 상영했던 영사기의 렌즈는 차갑게 식은 채 창을 막고 있는 합판만 바라보고 있었다.

"…… 이번 일은 내 형님 되는 용태 아버지와 노조위원장의 진정한 사과가 있으면 해결되는 일이야. 그런데 그 두 사람이 사라져버렸어. 그렇다면 회사 측에서 결단을 내려야 돼. 그게 가장 좋은 해결법이야. 그렇게 될지는 모르겠지만…… 그렇게 되지 않으면 문제는 커지겠지. 마가리 극장의 운명도 거기에 달려 있어. 하지만 어떻게 될지는 나도 모르겠다. 너희 둘과 이 영사실에서 본 영화 '일 포스티노'가 마가리 극장의 마지막 영화가 될지 아니면 새로운 영화가 또 상영될지는……"

"마가리 극장 영화는, 영원해야 돼요!"

미연이가 소리쳤다.

"세상에 영원한 건 없어……"

사기 컵에 담긴 소주를 단숨에 마신 용태 삼촌이 쓸쓸하게 기침을 했다. 우하와 미연이는 그 모습을 가만히 바라보기만 했다. '일 포스티노'의 우편배달부가 자신의 단 한 명의 고객이었던 시인 네루다에게 보낼, 바닷가 조약돌을 쓸고 가는 파도 소리를 녹음기로 묵묵히 담아내듯이……

희생

　모운동에 최루탄 냄새가 풀풀 날렸다. 찬바람에 최루탄 연기가 날려 오면 사람들은 눈물 콧물을 흘려야만 했다. 입으로 토해내는 가래침 줄기와 코에서 흘러나오는 콧물은 잘 끊어지지도 않았다. 최루탄 연기를 뒤집어쓴 사람들의 눈은 토끼처럼 빨갛게 변했고 쉴 새 없이 콧물을 쏟아낸 코 역시 마찬가지였다. 광원들은 마가리 극장을 마지막 보루처럼 지키고 있었고 전투경찰 1개 중대는 마가리 극장으로 통하는 길을 모두 막은 채 진압의 기회를 노리는 형국이었다. 광원 가족들과 모운동 사람들은 언덕 위나 담벼락 위, 또는 함석지붕 위에서 슬프고 우울한 영화를 관람하듯 며칠째 그 모든 것을 바라보고만 있고……

　"…… 저건 아닌 것 같아."

극장 앞 이태리포플러 줄기에 묶여 있는 노조위원장의 아내를 보며 미연이가 우울하게 중얼거렸다. 노조위원장이 도망가자 흥분한 광원들은 그의 아내를 붙잡아온 거였다. 노조위원장과 용태 아버지가 자진해서 돌아올 때까지 저 상태를 유지하겠다는 게 광원들의 공식 입장이었다. 우하는 어쩌면 용태가 가출한 게 다행이라는 생각이 문득 들었다.

"…… 용태 엄마는 괜찮을까?"

미연이의 얼굴은 걱정으로 가득했다.

"경찰이 보호해주고 있는가 봐."

"다행이다…… 왜 어른들은 직접 연관도 없는 사람을 저렇게 묶어놓고 있지?"

"다들 신경이 곤두서 있어서 그래."

"나도 용태처럼 가출하고 싶다……"

"나도……"

우하는 미연이랑 시멘트 담장 위에 엉덩이를 걸치고 앉아 마가리 극장의 대치 상황을 우울한 얼굴로 내려다보았다. 나무에 묶여 있는 노조위원장의 아내는 마치 십자가에 못 박힌 예수를 보는 것만 같았다. 돈을 챙겨 도망친 노조위원장은 저 사실을 알고 있을까? 우하는 어른들의 복잡한 세상을 도무지 이해할 수 없었다. 나무에 묶여 있는 노조위원장의 아내는 어떻게 될까? 아버지는 어떻게 될까? 파업에 참가한 광원들은 어떻게 될까? 사라진 용태 아버지와 노조위원장은…… 모운동 사람들은 조만간 전투경찰이 파업에 참가한 광원들을 모두 체포해 갈 것이라고 예상했다. 가재는 게 편이라고, 아무래도 경찰은 광원들보다 광업소 쪽과 훨씬 더 가깝기 때문에. 그러면 아버지도 잡혀간다는 얘기였다. 거기까지 생각이 다다르자 우하는 머리가 딱딱 아파 오기 시작했다.

"영화 보고 싶다."

"우하야, 나도."

마가리 극장 마당 이곳저곳에서 다시 최루탄이 터졌다. 바리케이드를 사이에 두고 양편에서 대치하고 있는 광원들과 전투경찰들은 한 치의 양보도 없이 팽팽한 긴장을 유지했다. 최루탄이 날아오면 마스크를 쓴 광원들은 잠시 뒤로 물러났다가 다시 전열을 정비한 뒤 일제히 뛰쳐나와 손에 쥐고 있던 짱돌을 던졌다. 우하가 보기엔 이상하고 쓸쓸한 공방전이었다. 양측은 절대 바리케이드를 넘어가지 않았다. 바리케이드는 꼭 자그마한 휴전선 같았다. 휴전선을 사이에 두고 서로 기 싸움을 벌이고 있는 것만 같았다. 미연이의 설명에 의하자면 전투경찰은 상부의 명령이 떨어지기 전에는 절대 바리케이드를 넘지 않을 것이고 광원들은 회사 측과의 원만한 사태 수습을 원하기 때문에 바리케이드를 넘지 않는 것이라고 했다. 노조위원장의 아내는 그렇게 하기 위한 인질이고. 회사 측이 광원들과의 합의를 포기하는 선언을 하는 순간 전투경찰은 눈사태가 덮치듯 일제히 마가리 극장으로 몰려올 것이라고. 모운동의 유력한 소식통인 미연이 엄마가 운영하는 미장원에서 나온 이야기라면 신빙성이 대단히 높았기에 우하도 고개를 끄덕였다. 평화로웠던 모운동의 백팔십도 달라진 모습에 우하는 그저 두렵기만 할 뿐이었다. 부디 광원들과 회사 측이 아무 사고 없이 협상을 잘 마무리하기를 바랄 뿐이었다.

공방전이 계속되던 중 광원들이 최루탄을 피해 모두 뒤로 물러났을 때 땅바닥을 떼굴떼굴 굴러간 최루탄이 나무에 묶여 있는 노조위원장의 아내 앞에서 뭉게뭉게 연기를 피워 올렸다.

"우하야, 저기 저 사람 니네 아버지 아냐?"

"어디?"

미연이가 자욱한 최루탄 연기에 휩싸인 노조위원장의 아내에게로 달려가는 사람을 가리켰다. 다른 광원들과 똑같이 작업복을 입고 마스크를 착용하고 있었지만 그 사람은 아버지가 분명했다. 여기저기서 최루탄 연기가 풀럭풀럭 일어나는데 아버지는 그 연기를 뚫고 들어가 나무에 묶여 있는 노조위원장의 아내를 풀어주고 있었다. 최루탄 연기를 속수무책으로 뒤집어쓰고 있는 노조위원장의 아내는 정신을 잃은 듯 고개를 수그린 채 꼼짝도 못하는 상태였다. 밧줄을 모두 푼 아버지는 노조위원장의 아내를 등에 업고서 마가리 극장의 정문을 향해 달려갔다. 구경꾼들은 이 상황을 어떻게 해석해야 될지 몰라 대부분 침묵을 지키고……
우하는 아버지의 행동에 말없이 고개를 끄덕였다. 아버지처럼 생각하지 못한 게 부끄러웠다. 똑같은 상황 속에 놓여 있었더라면 아버지처럼 행동할 수 있을지 스스로에게 질문을 했는데 돌아온 답변은 참담했다.

"니네 아버지 멋지다!"

미연이가 우하의 등을 두드려주었다. 마치 우하가 한 일이기라도 한 것처럼.

"나는 겁이 나서 아버지처럼 못 했을 거야."

"내가 저기 묶여 있어도?"

"니가 왜?"

"세상일은 모르는 거야. 내가 죄짓고 잡혀와 저기 묶여 최루탄에 눈물, 콧물 흘리고 있는데 가만히 구경만 하고 있을 거냐고?"

"…… 달려갈게."

"죄지었는데?"

"그래도 갈게. 아무리 죄를 지었더라도 저렇게 최루탄 연기 날리는 곳에다 묶어놓는 건 너무하다고 봐."

"그러다 니가 잡혀갈지도 모르는데 올 거야?"

"그래."

"고맙다, 우하야! 니는 진정한 내 친구임에 틀림없다."

우하는 노조위원장의 아내가 묶여 있던 이태리포플러를 묵묵히 바라보았다. 아직 잎이 돋아나지 않은 회색의 나무는 최루탄 날리는 허공에 앙상한 가지만 펼쳐놓고 있었다. 마치 죽은 나무처럼. 잎이야 봄이 오면 자연스럽게 피어나겠지만 아무리 봐도 봄이 올 것 같지 않은 살벌한 풍경 속에 나무는 서 있었다. 사람도 최루탄 연기에 눈물, 콧물을 줄줄 흘리는데 나무라고 다를 게 없을 것 같았다. 그나마 사

람들은 마스크도 쓰고 두 다리가 있어 최루탄을 피해 달아
날 수 있지만 나무는…… 나무는 마스크가 없었다. 나무는
최루탄 연기를 피해 뛰어갈 수 있는 두 다리가 없었다. 나무
는 그 모든 걸 감내할 수밖에 없었다. 마가리 극장 마당 귀
퉁이의 이태리포플러는 최루탄과 돌멩이가 날아가는 광경
을 모두 바라보며 겨울의 마지막을 아슬아슬하게 건너가고
있었다. 사람들의 마음에 쌓인 추위가 풀리고, 눈과 얼음이
녹고, 따스한 햇살이 그 자리에 고이기를 바라며.

"…… 우하야, 이 영화는 정말 추운 영화다."

"…… 그래."

짧은 해가 서산으로 향하고 있었다. 조금씩 추워졌다.

"우하야, 무서운 밤이 올 것 같아."

"모든 게 잘 해결될 거야."

"그렇게 되면 얼마나 좋을까……"

전투경찰들이 한 걸음 한 걸음 박자를 맞춰 군홧발로 땅
을 치며 마가리 극장을 향해 이동을 시작했다. 최루탄을 터
트리며. 공격이 시작된 거였다. 광원들이 라면과 빵으로 저
녁을 해결하고 담배 한 대를 피우고 있을 시간이었다. 집

에 있었더라면 각자의 취향에 따라 TBC의 '오늘의 화제'나 KBS의 '국악의 향기' 그리고 MBC의 '해외 소식'을 시청할 시간이었다. 전투경찰의 대오는 마치 검은 탱크처럼 보였다. 거기에 맞서 각목과 돌멩이를 움켜쥔 채 검은 눈을 부릅뜬 광원들은 누가 보아도 일개 보병들에 불과했다. 서치라이트가 전투경찰의 트럭 위에서 강렬한 빛을 뿜어내며 광원들의 얼굴을 거칠게 핥아대기 시작했다. 최루탄과 돌멩이가 난무하는 시간은 의외로 빨리 끝나고 곧이어 각목과 곤봉이 부딪치는, 뼈와 살이 터지는 소리가 난무했다. 비명과 고함이 마가리 극장의 마당에 낭자하게 흘러내렸다. 광원들은 조금씩, 조금씩 뒤로 밀려나고. 탐욕스런 혓바닥처럼 이곳저곳을 향해 날름거리는 서치라이트가 그 모든 것을 고스란히 보여주는 밤이었다.

마가리 극장 마당 옆 잎 하나 없는 앙상한 이태리포플러는 죽은 듯이 서 있었다.

광원들은 늦가을의 서리 맞은 낙엽처럼 하나둘 떨어졌다.

어린아이가 보아도 누가 이길지 확연하게 알 수 있는 싸움이었다.

우하는 슬펐다. 까닭을 알 수 없었다. 광원들과 광업소 측의 싸움인데 왜 전투경찰이 일방적으로 광업소 편을 드는지.

돌멩이를 든 우하는 길고양이처럼 살금살금 걸음을 옮겼다. 미연이도 따라왔다. 경찰들이 마가리 극장의 마당으로 이어진 길목에서 광원 가족들의 접근을 막고 있었지만 그것을 피하는 것은 간단했다. 구멍가게의 장독대 위로 올라간 우하는 두근거리는 가슴을 진정시킨 뒤 경찰 트럭의 서치라이트를 조준해 첫 번째 돌멩이를 던졌다. 빗나갔다. 곧이어 두 번째 돌멩이를 던졌다. 역시 빗나갔다. 가슴에서 북소리가 들렸다. 미연이가 건네준 세 번째 돌멩이를 던졌다.

팍!

마가리 극장의 마당이 한순간에 그믐처럼 어두워졌다.

알렉산더는 신과의 약속을 지키기 위해 집에 불을 지른다.

벌판에 자리한 집이 불타고 있다.

집에서 뛰쳐나온 사람들이 불타는 집을 바라본다.

사나운 바람이 불꽃을 이리저리 흔들고 그 위로 검은 연기가 치솟는다.

말을 하지 못하는, 하얀 모자를 쓴 아이가 양동이에 담긴 물을 죽은 나무에게 부어주고 있다.

그렇게 하면 마치 죽은 나무를 살릴 수 있다는 듯이.

그 아래로 자막이 떴다.

아들아, 네 온 마음을 담는다면 죽은 나무도 꽃을 피운단다.[2]

마가리 극장은 난장판으로 변해 있었다. 파업에 가담한 광원들과 그들을 잡으려고 진입한 전투경찰들이 휩쓸고 간 풍경이었다. 관객은 모두 네 명이었다. 우하와 미연이는 용태 삼촌이 있는 영사실에 올라가지 않고 1층 중간쯤에 앉아 영화를 구경했다. 똥통을 통해 마가리 극장으로 들어왔다가 붙잡혔던 초등학생은 맨 앞에 앉았고 맨 뒤에 앉은 문지기 형은 태평하게도 코를 골며 자고 있었다. 모두 네 명이 영화를 보는 것이었다.

핵무기가 사용될 게 분명한 제3차 세계 대전이 발발했다는 암울한 뉴스가 영화에서 전해지자 알렉산더는 공포에 휩싸이기 시작한다. 핵무기의 사용은 결국 지구의 종말을 예고하는 거였다. 그때껏 신의 존재를 믿지 않았던 주인공 알렉산더는 종말을 막기 위해 처음으로 기도를 한다.

---

2) 영화 '희생'의 마지막 부분

"오, 주여! 이 암울한 시대에서 우리를 구하소서. 저의 모든 것을 바치겠습니다. 사랑하는 가족도 포기하겠습니다. 집도, 사랑하는 아들도 버리겠습니다. 평생 벙어리로 살겠습니다. 제 삶의 모든 걸 포기하겠습니다.

어제 혹은 오늘 아침과 똑같이 모든 것을 되돌려주소서. 그리고 저의 이 끔찍한 두려움을 없애주십시오. 오, 주여! 저를 도와주소서. 약속한 모든 것을 지키겠습니다."

알렉산더의 희생으로 지구는 핵전쟁으로 인한 종말의 위험에서 벗어났다. 말을 하지 못하는 알렉산더의 아들은 매일같이 죽은 나무에 물을 준다. 애절한 음악이 마가리 극장으로 흘러 퍼지지만 그 나무는 아직 꽃도 잎도 피우지 못한다. 그런데…… 죽은 나무에 물을 주고 그 아래에 누워 있던 아이가 처음으로 말을 한다.

"…… 태초에 말씀이 있었다는데, 아빠, 그게 무슨 뜻이지요?"

영화 '희생'이 끝났다.

마가리 극장의 마지막 영화였다. 우하와 미연이는 2층 영사실로 올라갔다. 필름을 되감으며 용태 삼촌은 변함없이 사기 컵에 소주를 따라 마시고 있었다. 잣 알갱이를 안주 삼

아. 마지막 영화를 상영한 영사기는 입을 다문 채 화면만 바라보았다. 우하는 영사실의 쪽창을 통해 난장판이 된 극장을 내려다보았다. 맨 앞자리에 앉은 초등학생은 그때껏 자리에 앉아 빈 화면만 바라보고 있었다.

"용태 삼촌, 아이가 나무에 물을 줄 때 나오던 노래가 혹시 뭔지 알아요?"

"…… 마태 수난곡의 하나야. 나의 하느님, 눈물로 기도하는 저를 불쌍히 여기소서."

극장 밖은 아직도 최루탄 냄새가 심하게 풍기는, 달도 없는 캄캄한 밤이었다.

마태 수난곡

"우하야, 너 빨리 가방 싸서 모운동에 가보거라. 탄광에서 매몰 사고가 난 모양이다."

수업 도중 교무실로 우하를 부른 담임 선생님은 옥동광업소의 사고 소식을 알려주었다. 교실로 돌아온 우하는 부들부들 떨리는 손으로 책가방을 쌌다. 수업을 하던 선생님과 동급생들은 침묵을 지키며 우하가 가방을 들고 뒷문으로 나가는 모습을 바라보았다. 우하는 긴 복도와 목련이 피어 있는 교정을 숨 가쁘게 뛰어갔다. 모운동에 사는, 아버지가 광원으로 일하는 다른 반, 다른 학년의 아이들도 뛰어갔다. 어떤 친구는 엉엉 울면서 달렸다. 마이크로버스를 타는 곳을 향해. 제발, 제발 무사하기를 바라며……

"그동안 네가 고생했다."

"아버지가 고생했지요. 몸은 괜찮으세요?"

"매일 밥만 먹고 놀았더니 살만 찐 것 같다."

"유치장은 어떤 곳이에요?"

"심심하기 이를 데 없는 곳이다."

"그날…… 아버지가 나무에 묶인 아줌마를 풀어줘서 기분이 좋았어요."

"그래?"

일주일 만에 유치장에서 풀려나 집으로 돌아온 아버지는 너털웃음을 지었다. 뒤이어 씁쓸한 표정도 스쳐 지나갔다. 노조의 집행부는 풀려나지 못했기 때문이었다. 재판을 받아야 된다고 했다. 그리고…… 그 일주일이 지나간 뒤에도 많은 일들이 벌어졌기 때문에 우하는 슬프고 고독했다. 용태는 가출에서 돌아오지 않았고 용태 삼촌은 트럭에 영사기와 스피커를 실은 채 모운동을 떠났다. 우하는 용태 삼촌에게 용태가 일하고 있는 서울의 극장을 알려주었다. 용태 엄마도 모운동 사람들의 눈총을 견디기 힘들었는지 용태 동생들을 데리고 조용히 망경대산을 내려갔다. 우하는 마가리 극장의 출입문에 걸려 있는 묵직한 자물쇠만 만지작거렸다. 극장 뒤편의 쪽문도 마찬가지였다. 그뿐만이 아니었다. 미연이 역시 아무런 말도 없이 모운동을 떠났다. 엄마의 말에 의하면 미연이 엄마는 미장원을 하며 몇 개의 계모임을 이끄는 계주였는데 계원들의 돈을 몽땅 들고 야반도주를 했다는 것이다. 모운동은 마치 태풍이 할퀴고 간 것처럼 황량해졌다. 우하는 미연이네 미장원의 깨어진 유리창을 본 뒤부터 더 이상 모운동을 드나들지 않았다. 마침 개학도 한 터라 산 아래에 있는 학교와 집만 마이크로버스를 타고 오가는 게 전부였다. 망경대산 아래에는 봄꽃이 피어나고 있었지만 사월의 망경대산엔 시도 때도 없이 눈발만 날리다가 흔적 없이 사라지곤 했다. 어른들의 세계는 도무지 이해할 수가 없었다. 어른들 때문에 용태, 미연이와 느닷없이 헤어진 게 견딜 수 없이 속상했다.

우하가 차창에 기대 눈물에 젖은 눈으로 바깥을 내다보고 있을 때 용태의 목소리가 들려왔다.

"별일 아닐 거야!"

"지금쯤 이미 다 구출돼 갱 밖으로 나와 있을 거야!"

미연이도 거들었다.

마이크로버스는 망경대산의 구불구불한 산길을 천천히 올라가고 있었다. 버스에 탄 학생들은 기사에게 좀 더 빨리 갈 수 없냐고 계속해서 물었다. 울면서. 갱도가 무너졌다. 탄을 캐던 광원들이 갇혔다. 그곳은 암흑천지겠지. 아냐, 안전모의 보안등이 있으니 어둡지는 않을 거야. 막장으로 통하는 갱도가 무너진 걸까, 아니면 막장의 탄 더미가 일하던 광원들을 덮친 걸까? 갱도가 무너졌다면 그나마 다행이다. 하지만 그게 아니라면…… 우하는 누군지도 모를 신에게 기도를 했다. 아버지가 무사히 바깥으로 나오게 해달라고.

갱도 근처는 사고 소식을 듣고 달려온 사람들로 가득했다. 우하는 울부짖는 가족들 사이를 헤치고 앞으로 나아갔다. 안전요원들이 더 이상의 접근을 막았다. 갱도에 들어갔던 구조대들이 광차에 사고를 당한 광원들의 시신을 싣고 바삐 나올 때마다 가족들은 울부짖고, 통곡하고, 기도했다. 얼굴을 확인하려고 우르르 달려갔다. 앰뷸런스가 경적을 울리고 불빛을 번쩍거리며 다가왔다. 그 아우성 속에서 엄마를 찾아냈다. 눈과 탄가루가 섞여 질척이는 땅바닥에 주저앉아 넋이 나간 듯 갱도의 입구만 바라보고 있는 엄마를.

우하는 엄마를 향해 무쇠처럼 무거운 발을 한 발짝 두 발짝 옮겼다. 불쌍히 여기소서. 불쌍히 여기소서. 저희를 불쌍히 여기소서…… 계속해서 중얼거리며.

"…… 엄마, 아버지는?"

"…… 왔구나."

"아버지는?"

"아버지는 무사할 거야. 아무 걱정하지 마. 아침에 출근하면서 오늘 저녁엔 돼지고길 구워 먹자고 내게 약속했어. 니 아버진 지금까지 한 번도 약속을 어긴 적이 없어."

"나도 알아, 엄마. 아버지는 무사하실 거야."

"그럼! 무사하고말고! 암!"

"엄마, 일어나. 그러다 감기 걸려."

"아냐, 괜찮아. 니 아버지 힘든 거 생각하면 이 정돈 아무 것도 아냐."

우하는 억지로 엄마를 일으켜 세웠다. 거의 탈진한 듯한 엄마를 부축해 뒤편 갱목을 쌓아놓은 곳으로 갔다. 그곳에 엄마를 앉혔다. 엄마는 갱목에 힘없이 등을 기댄 채 우하에게 물었다.

"우하야, 니 아버지 괜찮으시겠지?"

"그럼, 엄마! 아버지 괜찮으셔. 아버진 그냥 걸어서 나올 거야."

"맞아. 니 아버진 강하니까 충분히 그러실 거야. 그렇지?"

"응."

갱도의 입구로 광원을 실은 광차가 나올 때마다 사람들은 오열했다. 허겁지겁 달려가 누구인지를 확인했다. 그럴 때마다 가슴을 쓸어내리며 돌아서는 사람들이 있고 또 누군가는 가슴을 찢는 울음을 터트렸다.

망경대산 전체가 울음바다였다. 누군가의 말처럼 잔인한 사월이었다.

모운동을 떠나다

긴 겨울을 통과한 망경대산은 오월의 연둣빛 잎들에 뒤덮여 있었다. 우하는 엄마와 동생과 함께 간단한 짐을 들고 버스정류장에서 마이크로버스를 기다렸다. 이 산 저 산에서 뻐꾸기가 울었다. 모운동을 떠나 경기도에 새로 생겨난 도시인 안산으로 이사 가는 길이었다. 이삿짐은 트럭이 먼저 싣고 외삼촌과 함께 떠났다. 지난 한 달 동안 엄마는 가축, 밭, 집을 차례차례 팔았다. 엄마는 한시라도 빨리 망경대산을 떠나고 싶어 했다. 그건 우하도 마찬가지였다. 여동생은 도시로 이사 가는 것에 은근히 만족하는 눈치였다. 우하는 모운동을 출발한 버스가 넘어올 고갯길을 묵묵히 바라보았다. 마가리 극장을 한 번 더 보고 싶기도 했지만 애써 참았다. 용태나 미연이가 없는 마가리 극장은 어떤 위안도

196

주지 못했다. 더군다나 문을 닫은 마가리 극장이었다. 하지만 마가리 극장의 영사실에서 친구들과 함께 본 영화와 그 시간들을 영영 잊지 못할 게 틀림없었다.

"버스 올 때 되지 않았어?"

우하는 손목시계를 들여다보고 엄마에게 대답했다.

"토요일이라 손님이 좀 많나 봐요. 그러면 한 오 분쯤 늦어요."

"…… 그래."

"엄마, 나 전학 가면 공부 더 열심히 할게요."

자그마한 책가방을 등에 걸친 여동생이 종달새처럼 말했다. 그 모습을 본 엄마가 희미하게 웃었다.

"그래야지. 이제 엄마에겐 너희 둘밖에 없어. 무슨 일이 있어도 대학까지 보내줄 테니 공부만 열심히 하면 돼."

"예!"

고갯마루에 영월로 가는 버스가 모습을 드러냈다. 이제 정말로 망경대산을 떠날 시간이었다. 우하의 눈에 눈물이 그렁그렁 고였다. 우하는 엄마와 동생이 못 보도록 등을 돌리고서 눈물을 닦았다. 뻐꾸기 울음소리를 마지막으로 귀에 담은 뒤 가방을 들고 길로 한 걸음 다가섰다.

‘…… 아버지, 우리 떠나요. 안녕히 계세요.’

‘…… 용태야, 미연아. 나도 마가리 극장을 떠난다. 그리고 우리 나중에 꼭 다시 만나자.’

마이크로버스가 멈추자 흙먼지가 몰려왔다. 여동생이 먼저 타고 엄마가 뒤를 이었다. 우하는 손바닥으로 입과 코를 막은 채 기다렸다가 마지막으로 망경대산을 바라보고 버스에 올라탔다.

2010
모운동

마가리 극장은 사라지고 없었다.

그 자리에는 가을볕에 말라가는 옥수수 줄기만 바람에
서걱거리고 있었다. 모운동 일대를 한 바퀴 돌아본 뒤 우하
는 연애바위에 걸터앉아 모운동을 내려다보았다. 산비탈에
촘촘하게 들어서 있던 그 많은 집들은 다 어디로 갔을까?
우체국, 당구장, 이발소, 다방, 세탁소, 요정, 술집, 여관, 구
멍가게……들은 감쪽같이 사라져버렸다. 그 사이 사이의
골목길도. 광업소가 폐광되면서 모든 게 퇴락의 길로 접어
든 모양이었다. 광업소 때문에 갑자기 생겨난 마을이 광업
소가 문을 닫자 신기루처럼 사라져버린 것이었다. 마치 누
군가의 거짓말 속에, 누군가가 꾸는 한낮의 꿈속에 들어와
있는 것만 같았다. 그도 그럴 것이 한창 때 만여 명의 사람

들이 좁은 산비탈에서 살아가던 곳이었는데 이제는 오십여 명의 주민들만 남아 있으니……

우하가 살았던 예밀리 산자락의 집도 당연히 흔적조차 남아 있지 않았다. 그곳은 밭으로 변해 시퍼런 배추들만 가득했다. 광업소도 마찬가지였다. 마치 그런 적이 언제 있었냐는 듯 전혀 다른 얼굴을 하고 있었다. 이렇게 완벽하게 다른 얼굴을 하고 있다는 게 믿어지지 않았다.

삼십 년의 세월을 건너오면서 우하는 모운동을 지워버린 것은 아니었다. 마가리 극장도. 지워버린 것은 아니었지만 일부러 찾아가볼 생각은 하지 않았다. 마가리 극장에서 본 영화를 가끔 떠올렸지만 그냥 넘겨버렸다. 모운동은 그저 아버지가 잠시 직장 생활을 했던 곳으로 여기려고 애를 쓰며 살았다. 그래, 아버지의 직장 때문에 엄마와 동생과 함께 이사 와서 살았던 곳으로. 그러다 떠난 곳일 뿐이라고 단정지은 채 그동안 살아왔다. 아니, 일부러 잊으려고 했다.

모운동의 저 깊은 막장은…… 아버지의 목숨을 앗아간 곳이니까……

"어디야?"

"응, 펜션. 초등학교 건물이 펜션으로 변했어."

"어때?"

"기분이 좀 묘하네."

"아는 사람은 안 만났어?"

"응."

"마가리 극장은 그대로 있어?"

"아니. 밭으로 변했어."

"…… 그렇구나."

"같이 왔으면 좋았을 텐데."

"아냐. 나야말로 시간이 더 필요해. 그때 우리 엄마가 친 사고가 워낙 컸거든."

"시간이 많이 흘렀잖아. 다 잊었을 거야."

"내가 잊을 수 없어. 미안하고 창피해서 친구들 얼굴을 어떻게 봐."

"그나저나 내일 용태가 올까?"

"연락처를 모른다며?"

"그 사이에 알아냈을 수도 있지. 요즘 사람 찾는 거 쉽잖아."

"그렇다 해도 그때 그 사건이 워낙 큰 사건이었잖아."

"용태가 잘못한 건 아니잖아."

"에이, 모르겠다."

"잘 거야?"

"아냐, 기분도 그런데 영화나 한 편 보고 자야지. 당신은?"

"…… 잠이 안 오네. 마가리 극장이 그대로 있었으면 거기 가서 심야영활 보고 싶은데 말이야."

"…… 우리 세 사람이 모여 다시 영화 볼 날이 있을까?"

"…… 그렇게 된다면 무슨 영활 다시 보고 싶어?"

"음…… 음…… 난 '바보들의 행진'! 당신은?"

"…… '동사서독'."

"용태는 뭘 보고 싶을까?"

"그걸 내가 어떻게 알아."

"당신이 용태라면?"

"아마…… '내 친구의 집은 어디일까' 같아."

"나도 그 생각 했어!"

"…… 근데 말이야. 우리가 마가리 극장에서 진짜로 그 영화들을 봤을까?"

"그게 무슨 소리야?"

"…… 그 모든 게 마치 꿈인 것만 같아서. 취한다. 이제 자야겠다."

"뭐야, 술 마셨어?"

"조금 마셨어."

전화를 끊은 우하는 불도 끄지 않고 개어놓은 이불더미에 기대 눈을 감았다. 한겨울 망경대산의 폭설 같은 졸음이 몰려왔다.

그리고……

새벽 무렵……

세 친구가 서 있는 눈앞에 거대한 고래처럼 생긴 마가리 극장이 서서히 모습을 드러냈다.

어린 시절 산골 마을에 가설극장이 찾아오면 하루 종일 마음이 설레었다. 텔레비전조차 몇 대 없는 마을에 찾아온 가설극장이었다. 마을 창고 마당에 걸린 화면으로 영화가 상영되면 그야말로 축제였다. 어린 우리들은 하늘에서 함박눈이 내리는지도 모른 채 화면에서 눈을 떼지 않았으니.

어떤 영화들이 그 화면 위로 지나갔던가……

그 시절에 본 영화들은 모두 과거의 영화였는데 우리들은 늘 미래를 상상했다. 전쟁조차 미래여서 목총을 들고 야산에서 편을 나눠 전쟁놀이를 했다. 목검을 움켜잡은 검객이 되어 바위 위에서 뛰어내렸다. 낡은 가죽 장갑을 낀 채 나무 뒤에 숨어 철천지원수가 나타나길 기다렸다.

빨간 마후라를 목에 걸고 하늘을 날 수 없다는 건 두고두고 아쉬웠다. 가끔 산골 마을의 적막한 하늘을 날아가는 비행기를 쳐다보며 아쉬움을 달랬다.

　그 산골 마을에 마침내 극장이 들어섰다. 미래의 영화를 상영하는 극장이다. 〈내 친구의 집은 어디인가〉, 〈취한 말들을 위한 시간〉, 〈동사서독〉, 〈일 포스티노〉, 〈희생〉이 차례로 상영되었다. 우리들은 컴컴한 영사실에 모여 꿈을 꾸듯 화면에서 눈을 떼지 않았다.
　행복했다.

　그 마을과 극장은 어느 날 거짓말처럼 사라졌는데 우리들은 정녕 행복했던가……

2018년 11월 토지문화관 집필실,
발갛게 물든 후박나무를 바라보며
김도연

마가리 극장

1판 1쇄 인쇄 2018년 11월 5일
1판 1쇄 발행 2018년 11월 13일

지은이 | 김도연
펴낸이 | 한소원
펴낸곳 | 우리나비

등록 | 2013년 10월 25일(제387-2013-000056호)
주소 | 경기도 부천시 원미구 원미로 18번길 11
전화 | 070-8879-7093 **팩스** | 02-6455-0384
이메일 | michel61@naver.com

ISBN 979-11-86843-29-1 03810
★ 책값은 뒤표지에 있습니다.

이 도서의 국립중앙도서관 출판예정도서목록(CIP)은 서지정보유통지원시스템
홈페이지(http://seoji.nl.go.kr)와 국가자료종합목록시스템(http://www.nl.go.kr/kolisnet)에서
이용하실 수 있습니다. (CIP제어번호 : CIP2018035326)

• 이 도서는 한국출판문화산업진흥원 2018년 우수출판콘텐츠 제작 지원 사업 선정작입니다.